BARBARA SCHWARCZ

SOMMERVERSCHWENDUNG

Die Autorin dankt der Kulturabteilung
der Stadt Wien für das Literaturstipendium.
Gedruckt mit freundlicher Unterstützung
der Kulturabteilung der Stadt Wien.

Grafische Gestaltung: Dorothea Löcker, Wien
Umschlagabbildung: © yarruta/123rf
Druck und Verarbeitung:
EuroPB, s.r.o., Tschechische Republik
ISBN 978-3-7117-2083-2

Informationen über das aktuelle Programm
des Picus Verlags und Veranstaltungen unter
www.picus.at

BARBARA SCHWARCZ

SOMMER-VERSCHWENDUNG

ROMAN

PICUS VERLAG WIEN

Für meine Eltern
und
für F., E., D. und A.

FÜNF

Bevor deine Mutter ins Bild kommt, hörst du ihre Stimme und du hörst die Sprache, in der diese Stimme mit dir spricht, die Sprache deiner Mutter, als wäre sie meilenweit von dir entfernt, als würdest du nicht jeden Tag mit ihr in dieser Sprache spazieren, einer Sprache, die du vor deinen Freunden zu verstecken versuchst, die du nur in der Abgeschlossenheit eurer Hochhauswohnung sprichst, um dich mit deiner Familie zu verständigen, was auf den ersten Blick bizarr erscheinen mag, immerhin spricht sie Deutsch, deine Mutter, aber nicht das Deutsch dieser Gegend, nicht den leicht hinkenden Dialekt, den man hier, am südlichen Ende der Stahlstadt, im Munde führt, sondern eine ans Hochdeutsche angelehnte, siebenbürgisch gefärbte, durch Flucht und lebenslange Assimilation durchgewalkte und mit Bruchstücken ebendieses linzkleinmünchnerischen Dialekts angereicherte endemische Spielart des Deutschen, aus der allerdings deine Mutter, so deine Beobachtung, herausrutscht, wenn sie ihr Wort an jemanden draußen, das heißt außerhalb der Familie, richtet, um im Gespräch mit dieser familienfremden Person die ortsübliche Sprechweise im Rahmen ihrer Möglichkeiten nachzuahmen, was ihr mal besser, mal schlechter gelingt.

Dir ist heiß und der abgewetzte Plüschstoff des Fernsehfauteuils kratzt dich unter deinen gebräunten Oberschenkeln, so sitzt du und starrst auf den Bildschirm des abgedrehten Fernsehers, zappelst mit den Beinen, deine Turnschuhe hast du noch an, es könnte ja jemand anläuten, spielen. Aber es läutet niemand an, alle sind in Italien oder am Wolfgangsee, auf Pfadfinderlager oder bei der Oma, deine Geschwister wer weiß wo, die gehen ihrer geheimnisvollen Wege, nur dein Körper ist noch da, aber er ist ein einziges Spannen und Dehnen, dass du zerspringen könntest, du kannst nicht mehr still sitzen und warten, eine Ewigkeit hast du schon gewartet, weshalb du dir so etwas ausgedacht hast, wie du dir jeden Tag etwas in der Art ausdenkst, zum Beispiel: den Futterspender von deinen Wellensittichen ganz vollfüllen und wenn sie das letzte Körnchen gefressen haben, würdet auch ihr fahren: nach Ungarn, wo der Vater herkommt und wo eine annähernd gleichaltrige Cousine als Spielgefährtin zur Verfügung stünde, wenn es endlich so weit wäre, aber es dauert noch, sagen die Großen und warum dauert das nur so lange! Fresst, Vögel, fresst, aber der eine schläft und der andere sitzt nur auf seiner Stange und zieht eine Feder nach der anderen durch seinen Schnabel, putzt sich, denkt nicht einmal ans Fressen.

Und jetzt siehst du deine Mutter, der dunkle Bildschirm des abgedrehten Fernsehers spiegelt sie wider, sie, die hinter dir steht. Sie hat sich ein weißes Tuch zusammengefaltet um den Kopf gebunden, wie immer, wenn sie im Haushalt ein größeres Projekt vorhat, es soll den Schweiß von der Stirn saugen. Die spiegelverkehrte Mutter bittet dich, ihr zu helfen, den kleineren der beiden Kleiderkästen im Schlafzimmer zu verschieben, ganz aufgedreht ist sie. Sie ist in ihrer Umstellungseuphorie. Wenn sie umstellt, in der Wohnung die Möbel hin und her rückt, alles anders haben will, ist sie glücklich, es ist ein subversiver Akt, der sie in Hochstimmung versetzt.

Mit dem ganzen Gewicht deines mageren siebenjährigen Körpers drückst du dich gegen den Kasten und deine Mutter zieht auf der anderen Seite, aber nichts rührt sich. Dann tauscht ihr, du ziehst, deine Mutter schiebt, und irgendwann steht der Kasten dort, wo sie ihn haben wollte. Sie ist zufrieden, du nicht, du schaust aus dem Fenster. Alles ist gelb von der Sonne, die sich langweilt, weil sie so allein ist dort oben, keine Wolke da, mit der sie Verstecken spielen könnte, so treibt sie verlassen in dem umgekehrten Meer über den Bäumen. Nicht einmal die Blätter winken ihr von der Erde her zu. Vollkommen windstill ist es. Der Spielplatz hinter dem Haus: leer.

Deine Geschwister haben dir eingeredet, freu dich auf die Ferien, die ersten Sommerferien deines Lebens, und du hast ihnen geglaubt, ehrlich gefreut hast du dich, das hast du nun davon, eine einzige Sommerverschwendung, denn was könnte man jetzt alles machen, sogar Schule wäre dir lieber, während du hier reglos stehst und aus dem Fenster schaust und deine Mutter hinter dir den Kasten abstaubt. Eltern, Geschwister, Freunde, alle haben sie ihre Welt, aber ihre Welten haben nichts mit der deinen zu tun, du bist der Kreis, der sich mit keinem anderen überschneidet.

Warum gehst net ins Schörgenhubbad, die Mutter hat keine Ahnung, so als alleinstehender Kreis – was soll man da im Freibad, das stellt die sich so vor.

Dann, *Grüßteich*, kommt der Vater nach Hause, Mittagspause, da muss alles ganz schnell gehen, nach Plan: fünfzehn Minuten essen, zehn Minuten schlafen im nach hinten geklappten Fernsehsessel, zwei Minuten Kaffee runterschlürfen und aufspringen und wieder ins Geschäft zurück. Nicht *Grüß dich*, sondern *Hallo* sagst du knapp, um die konzentrischen Kreise seines *Grüßteichs* nicht zu zerstören, denn nur du kannst hören und sehen, wie sich direkt hinter dem *Grüßteich* die zweite Person Plural, die du so gut kennst, hereinschleicht und mit ihrem falschen t in der Hand wie mit einer Spitzhacke ein Loch in die Luft haut und in dem Zwischenraum, der so entsteht, zwischen dem *Grüß* und dem *eich*, also *euch* im ortsüblichen Dialekt, treibt ihr euch für eine Weile herum, die zweite Person Plural und du, ihr badet und taucht sogar nach Steinen und springt vom Zehnmeterbrett in den spiegelglatten *Grüßteich*, dass es nur so spritzt, aber da fällt dir ein, dass du, wenn der Vater seinen Mittagsschlaf im Wohnzimmer hält, nicht mehr ins Stiegenhaus hinaus kannst, weil du dann das Wohnzimmer durchqueren und seinen Mittagsschlaf stören müsstest, was du unter keinen Umständen wagen würdest, so sagst du also, dass du noch keinen Hunger hast und schlüpfst hinaus, du machst deine übliche Runde.

In den anderen Stockwerken sieht das Stiegenhaus exakt so aus wie in deinem Stock, dem dritten. Du erkennst deinen Stock nur daran, dass sich in der Glasscheibe der Zwischentür, die die Wohnungen vom Treppenhaus trennt, ein kurzer, krummer Sprung im rechten unteren Eck gegen die sterile Monotonie der Siebziger-Jahre-Genossenschaftsarchitektur deines Hauses auflehnt, und daran hast du dich von klein auf festgeklammert, du identifizierst dich mit diesem Sprung, seit du denken kannst, ist er da gewesen, er ist der Klecks, der das tadellose Gesamtbild verpatzt, das schwarze Schaf, das du auch bist, weit abgeschlagen vom Kleeblatt deiner vier Geschwister, die so viel älter sind als du, der Appendix. Alle vier als Kinder blond, nur du nicht, dein Haar ist dunkelbraun, manche meinen schwarz, von Geburt an.

Hat man einmal die Zwischentüren durchschritten und geht man dann in einem großen U die Wohnungstüren entlang, wird die militärische Gleichheit der Gänge aufgeweicht, indem die Nase ins Spiel kommt. Du könntest, sagst du dir, auch blind durch das Haus gehen und wüsstest, ohne einen Blick auf Fußmatte oder Namensschild zu werfen, wer hinter dieser und jener Tür zu Hause ist, zumindest da, wo es Kinder gibt, kennst du die Hausgerüche, die sich wundersamerweise nie ändern, selbst wenn in einer dieser Wohnungen gerade gekocht wird, kannst du hinter dem jeweiligen Essensgeruch den typischen Hausgeruch dieser und jener Wohnung erriechen und daran, an diesen Hausgerüchen in den Wohnungen deiner Spielgefährten, kannst du dich nicht sattriechen, noch kannst du sie beschreiben, denn sie riechen durchaus nicht nach einer bestimmten Sache, nach Zitrone, Schildkröte oder einem Putzmittel, sie setzen sich aus der Gesamtheit all dessen zusammen, was sich in diesen Wohnungen befindet, Menschen, Tiere wie auch Dinge, und obwohl doch immerhin die Fluktuation der Dinge sowie da und dort auch der Tiere und Menschen, die im Laufe der Zeit weg- oder hinzukommen, für eine olfaktorische Veränderung sorgen müsste, bleiben diese Hausgerüche bestehen und picken, viel körperlicher als die Fußmatten oder Namensschilder, an und vor und über den Türen. Nur bei dir zu Hause riechst du nichts, hast du nie etwas gerochen, so viel Luft du auch durch deine Nase ziehst, du riechst nichts, selbst wenn du die Augen schließt, und das ärgert dich umso mehr, seit dir deine beste Freundin V. aus dem zweiten Stock die Existenz eines wie auch immer gearteten Hausgeruchs in deiner eigenen Wohnung bestätigt hat.

Das Stockwerk mit ihrer Wohnungstür lässt du

aus, denn V. ist das einzige Kind, mit dem du in diesem Stock Kontakte pflegst, und wenig später hast du dann den achten und letzten auch erledigt und alles ist wie es vorher war, denn niemand ist da, mit dem du spielen könntest, mit den wenigen, die da sind, willst du nicht spielen, die sind viel zu groß oder viel zu klein oder Feinde.

Du läufst in den Hof, probierst lustlos die Spielgeräte aus und kletterst schließlich wie sonst so oft in den Bäumen herum, deine Laune bessert sich überraschend schnell in der Zwischenwelt der üppigen Baumkronen, aber gerade als du einen Ast höher steigen willst, erscheint deine Mutter auf dem Balkon, ohne Schweißtuch um die Stirn, das sie jetzt aber gut brauchen könnte, da sie dir, wie immer, wenn du fast ganz oben bist, mit schreckensschrillen Schreien zu verstehen gibt, dass du sofort herunterkommen sollst. Braves Kind, das du bist, folgst du murrend ihrer Anweisung, die du auch dieses Mal nicht nachvollziehen kannst, du fühlst dich dort oben so sicher wie auf dem Boden, kennst jeden Tritt, jeden Ast, du jonglierst mit den Gleichgewichten, deine Hände halten dich so fest, dass du mit den Füßen weiterhüpfen kannst oder in der Luft baumeln, nichts an deinem Tun ist gefährlich, aber das kann sich deine Mutter nicht vorstellen, sie ist ja auf dem Balkon und nicht bei dir auf dem Baum.

Also nach Hause, weil dir nichts Besseres einfällt, ins Vogelgezwitscher der Wellensittiche, *fliegen wir los,* pfeift der deine, du kennst sein Wort dafür in der Wellensittichsprache genau, es ist zweisilbig, und du antwortest ihm schon vom Vorzimmer aus mit dem gleichen Pfeifen. Tatsächlich hat die Mutter die Vögel aus dem Käfig gelassen und jetzt flattern sie im Esszimmer herum, deiner setzt sich dann an den Rand eines Wasserglases, beugt sich hinein, trinkt mit schnellen Schnabelschlucken. Der Vater ist wieder ins Geschäft, dafür ist der große Bruder heimgekommen, liegt mit einem *Clever & Smart* im Bett, dazu die Stereoanlage in voller Lautstärke an (TSCH-TSCH-TSCH-TSCH-TSCHÄIN-SCHÄÄS!!! TÖANEN FÄIS ÄSTRÄINSCH TSCH-TSCH-TSCHÄINSCH Ä-ÄS!). Du schmeißt dich auf dein Bett und schlägst *Die Kinder aus Bullerbü* von Astrid Lindgren auf, die du immer und immer wieder liest, seit du das Buch in der Bücherei, die erste Lektüre deines Lebens, entdeckt hast, nie wirst du aufhören, *Die Kinder aus Bullerbü* zu lesen, du wohnst in den drei *Bullerbü*-Büchern mit ihren schwarz-weißen Illustrationen von Ilon Wikland, auch mit Oetinger bist du auf Du und Du, ohne zu wissen, dass dieser Name für einen Verlag steht, stellenweise kannst du die Sätze auswendig aufsagen, du berauschst dich vor allem an den Ausdrücken, die dir fremd sind, die weder in deiner Familie noch in deiner Umgebung verwendet werden, wie Hefe (für das, was ihr Germ nennt) oder Kronen und Öre als Bezeichnung für Geldscheine und Münzen. Du sehnst dir so ein taufrisches Landleben mit Lasse, Bosse, Lisa, Inga, Britta und Ole herbei, ahnst aber, dass deine Stadt, in der ihr abends wegen der VÖEST-Abgase das Fenster schließt, nicht allzu viel Ähnlichkeit mit Bullerbü aufweist. Und gerade als du mitten in der Geschichte mit Oles losem Zahn (wieder so ein fremdes Wort: lose) angelangt bist, verspricht der Tag doch noch interessant zu werden: Die Nachbarin von nebenan steht mit Lockenwicklern auf dem Kopf vor der Tür, sie hat sich ausgesperrt, aber die Balkontür offen gelassen. Jetzt will sie, dass du von eurem Balkon zu ihrem hinüberkletterst und von innen die Tür aufmachst, erklärt sie deinem großen Bruder. Zum Glück hat sich deine Mutter vor zehn Minuten zum Supermarkt aufgemacht und so hilft dir dein Bruder, der der Bitte der Nachbarin, genau wie du, gerne nachkommen möchte, auf das Sims eures Balkons im dritten Stock und hält dich lässig mit einer Hand am Rücken, als du dich um die dünne Mauer, die euren Balkon von dem der Nachbarin trennt, herumschwingst. Du hast nicht einmal Zeit, in die Tiefe zu schauen, schon stehst du auf dem Nachbarinnenbalkon und gehst dann die Tür öffnen. Die Nachbarin scheint sich zu freuen, von dir aus hätte es aber ruhig etwas länger dauern können, blöd, dass du dich so beeilt hast, jetzt ist alles wieder wie vorher, und weil es nicht wie vorher sein soll, liest du die Geschichte von Oles losem Zahn nicht weiter und blätterst stattdessen ein bisschen in der *Ablak-Zsiráf*, einem ungarischen Wörterbuch für Kinder. Weil dein Vater dir und deinen Geschwistern seine Muttersprache, also die Vatersprache, nicht beigebracht hat, verstehst du nur einzelne Wörter oder Fetzen von Alltagsungarisch, der Rest ist ein klingendes Gewebe aus vielen Ös und Üs und offenen As und Doppelkonsonanten, auf die man sich lange draufsetzt, dafür sind die Fragen Flugzeuge im endlosen Steigflug, immer weiter rauf scheint es zu gehen. Du bist sieben Jahre alt und du fragst dich nicht, warum dich dein Vater nicht in seine Sprache eingeweiht hat, noch warum die Kinder seiner ungarischen Freunde sehr wohl zweisprachig erzogen werden, es ist einfach so und du hast auch keinerlei Ambitionen, der Vatersprache auf die Schliche zu kommen, im Gegenteil, leidtun würde es dir, wenn die fremdvertraute Lautlandschaft rund um deinen Vater ihrer Rätselhaftigkeit beraubt und ihre Geheimnisse sich mit dem Beton der Bedeutung füllen würden, so hast du die Freiheit der Wahl: Das Wort *selyemhernyó* kann alles Mögliche bedeuten, du könntest dir darunter einen alten verstellbaren, gepolsterten Zahnarztsessel vorstellen, wie du ihn in der Dorfarztpraxis deines ungarischen Onkels gesehen hast, aber auch einen Semmelknödel, wenn dir das Kinderlexikon anhand eines Bildes nicht suggerieren würde, dass der Begriff etwas mit Raupen oder Schmetterlingen zu tun hat. Andererseits kennst du mittlerweile, ohne dich darum bemüht zu haben, die wahre Bedeutung vieler ungarischer Wörter, du weißt etwa, dass mit *oroszlán* der Löwe gemeint ist und du freust dich auch über die Verdoppelung aller Dinge, denn während deine österreichische Freundin V. aus dem zweiten Stock nur den harmlosen kleineren und schwächeren *Löwen* zur Verfügung hat, kennst du auch den stolzen und mächtigen ungarischen *oroszlán,* der nach einem ganzen Land, einem Königreich klingt, eine größere Mähne um sein Haupt trägt und lauter brüllt als der durch die zwei ö-Punkterl verzierte, verniedlichte und in der Nähe von Diminutiven wie Röschen, Törtchen und Wörtchen lebende *Löwe,* sogar zum Brüllen braucht der die Punkterl.

Die Mutter kommt vom Supermarkt und beginnt mit dem Abendessenkochen und endlich sind auch die Geschwister zurück, spielen aber ein Kartenspiel, das du noch nicht gelernt hast, du sitzt dabei und siehst zu, darfst Karten vom Stapel ziehen, manchmal werfen sie dir einen neckischen Satz in der Muttersprache zu, während sie untereinander im ortsüblichen Dialekt miteinander kommunizieren, den du dich innerhalb der Familie zu verwenden genierst, so wie du dich vor deinen Freunden für deine Muttersprache genierst, was zur Folge hat, dass du dir weder in dieser noch in jener Art zu reden ganz echt vorkommst, die Sprache, in der du nicht das Gefühl hast, etwas nachzuahmen, dir und den anderen etwas vorzumachen, gibt es nicht. Du sprichst nicht, du spielst sprechen, du sprielst, du verstellst dich, sobald du den Mund aufmachst, darum schreibst du lieber.

Dann wieder *Grüßteich*, der Vater hat einen außergewöhnlich erfolgreichen Tag gehabt, mehrere Räder und ein Moped verkauft, die Füße in einer Schüssel mit lauwarmem Wasser, eine Bierflasche in der Hand, schräg auf den Fernseher blickend berichtet er und, mitgerissen von seiner Hochstimmung, sagst du dir gerade, dass angesichts solcher Nachrichten die vielen Wintertage, an denen gar niemand ins Geschäft kommt, vielleicht doch nicht so schlimm sind, da läutet es an der Tür und die Nachbarin schenkt dir zehn Schilling für deinen kleinen Hilfsdienst, so hast du auch etwas eingenommen an diesem Tag, nur die Mutter ist nicht erfreut, als sie erfährt, auf welche Weise du die zehn Schilling verdient hast.

Gleich ist das Essen fertig, nur mehr diese Partie, sagen die Geschwister, die Brüder haben angefangen, das Spielgeschehen zu kommentieren, wobei sie den starken ungarischen Akzent eines Freundes des Vaters nachahmen, in die deutschen Sätze ungarische Ausdrücke einstreuen und mit deutschen Endungen versehen oder umgekehrt, es ist ein doppeltes Spiel, mit Wörtern in den Mündern und Karten in den Händen, ihr zerkugelt euch in eurer Zwischensprache, die nur euch gehört, euch Kindern zweier Flüchtlinge.

Auch deinen Vater amüsiert das, er ist stolz darauf, anders als die meisten seiner ungarischen Freunde den hiesigen Dialekt beinahe ohne Akzent zu sprechen, wie er meint, und auch du stellst sein

Können nicht infrage, erst als Erwachsene hörst du, aus der Distanz, die ungarische Färbung durch das Telefon. Es ist wie mit dem eigenen Hausgeruch, den du selbst nicht wahrnehmen kannst: Solange du zu Hause lebst, bist du zu nahe dran, so selbstverständlich ist dir die Vatersprache, dass sein Akzent unsichtbar bleibt, weil die Abweichung von der Norm selbst die Norm ist, immer schon war.

Todmüde liegst du im Bett, um dich herum Grillenzirpen, Gelsensirren und die spannenden, dir aber nicht immer verständlichen Geschichten deiner Schwestern über ihre Freundinnen und deren Freundinnen sowie ihrer aller Unstimmigkeiten und daraus resultierende Wortgefechte, was dir den letzten Rest an Konzentration abverlangt, umso mehr als die Artikulation der älteren deiner Schwestern durch eine Zahnspange beeinträchtigt wird und sich ihre Berichte infolgedessen noch enigmatischer ausnehmen. Aber du bist zu müde, um nachzufragen. Kurz bevor du einschläfst, hüpfst du noch einmal auf, wirfst den Zehner in deinen Sparefroh und streichst erleichtert den Tag vom Kalender.

Am Morgen ein Überraschungsschrei der älteren deiner beiden Schwestern, weil auf dem Fußabstreifer vor eurer Tür ein aus einem Schulheft gerissenes liniertes, zusammengefaltetes Blatt liegt, darauf dein Vorname, Liebesbrief schon wieder, sagen die Schwestern, jetzt ist auch die zweite, die jüngere der beiden älteren Schwestern, dazugekommen, im Pyjama noch, schnell das Blatt aufgefaltet und laut gelesen, weniger dir, der Adressatin des Schreibens, vorgelesen als der eigenen Neugierde, diesen an dich gerichteten angeblichen Liebesbrief des Hausmeisterbuben vom langen Wohnblock, Gekicher und lautes Gegacker der Schwestern, jeder einzelne Rechtschreibfehler muss herausgezerrt und hochgehalten werden, zum Auslachen für alle, du aber ärgerst dich, nicht nur über die Schwestern, weil sie, noch dazu bei offener Wohnungstür, so ein Theater veranstalten, dein Groll richtet sich auch und vor allem gegen den idiotischen Hausmeisterbuben, der die Liebe ohne E und mit stummem H schreibt, *ich lihbe dich,* schreibt er in wackeligen Buchstaben, obwohl er ein, zwei Jahre älter ist als du und dunkelgraue zweite Hasenzähne im Mund hat, wenn er lacht, am allermeisten aber wurmt dich, dass du dieses Spiel nicht verstehst, keine Ahnung hast du, was der Hausmeisterbub mit seinen Schriftstücken bezweckt und warum sie deine Schwestern jedes Mal aufs Neue so erheitern. Du machst dem Spektakel ein abruptes Ende, indem du deine Schwestern mit einem als Schimpfwort missbrauchten Tiernamen bedenkst, den Zettel an dich reißt, damit in die Küche läufst, um ihn kurzerhand in den Mist zu pfeffern, jetzt ist dir etwas leichter. Später suchst du in den Bücherstapeln im Mädchenzimmer heimlich das zerfledderte alte Lexikon, möglicherweise heißt *lihbe* etwas ganz anderes und die Schwestern haben alles grundfalsch interpretiert und sich zu unrecht auf deine Kosten amüsiert, aber nein, das Wort existiert nicht, was es nicht davon abhält, sich noch ein paar Stunden wie eine Schallplatte in deinem Inneren zu drehen, mit kurzem I und mit H, denn wenn du ein Wort denkst, dann siehst du es auch vor dir, ob du willst oder nicht, und es muss nicht nur aus Buchstaben bestehen.

Die Entdeckung, dass, wenn du dir ein Wort oft genug vorsagst, dir dieses Wort immer fremder wird, so fremd, dass du das Gefühl hast, eine willkürlich zusammengewürfelte Kombination aus Buchstaben oder Lauten auszusprechen, bis das Bezeichnete zu verblassen beginnt und schließlich ganz hinter dem Bezeichnenden verschwindet und man auf diese Weise also mit Wörtern Dinge wegzaubern und gleichzeitig Wörter in Dinge verwandeln kann, in etwas Lebendiges sogar, diese Entdeckung kannst du in deiner Erinnerung exakt datieren, zumindest hast du den Tag Anfang Dezember noch klar vor Augen, als ihr in der Schule vom Heiligen Nikolaus gesprochen habt und sich im Laufe dieser einen Unterrichtsstunde der du weißt nicht wie viele Male wiederholte Name von dem weißbärtigen Alten im roten Gewand ablöste und sich zu einer Art Drachenwurm aufblähte, der tollpatschig über euren Köpfen durch das Klassenzimmer wackelte. Ob auch die anderen ihn sehen konnten oder nur du, spielte in diesem Moment keine Rolle, so sehr verschlug dir der Wurm mit seiner plötzlichen Präsenz das Denken. Ni-ko-laus, ein fliegender Riesenwurm. Oder gar nichts. Oder alles Mögliche.

Dalagatan. Da-la-ga-tan. Das ist es, was dir jetzt durch den Kopf geht oder sich im Kreis dreht, immer und immer wieder. Seit mindestens einer halben Stunde murmelst du dein *Dalagatan* in dich hinein, als würdest du es einatmen wollen oder essen. Du liest es von dem Brief ab, den deine Mutter, als sie die Wäsche von der Wäschespinne unten vor dem Haus heraufholte, aus dem

Postkasten gezogen hat. Kein zerrissener Zettel aus einem Schulheft, sondern ein echter Brief mit Briefmarke ist das. Schmal und gelb, deine Lieblingsfarbe, hellgelb wie Vanilleeis. Papier mit Rillen. Fühlen sich gut an, wenn du mit den Fingern drüberstreichst. Du hältst dasselbe Kuvert in Händen, das gestern oder vor wenigen Tagen noch SIE in den ihren gehalten haben muss. SIE musste ja deinen Brief vor sich liegen gehabt haben, um das dazuzuschreiben, was SIE tatsächlich dazugeschrieben hat, bevor SIE deinen Brief dann mit dem von IHR hinzugefügten Gedanken in dieses, damals noch in IHREM Besitz befindliche Kuvert gesteckt, eine Briefmarke draufgeklebt und ihn in einen Postkasten geworfen haben muss, woraufhin dieser Brief die lange Reise von IHRER *Dalagatan* bis hierher zu dir, nach Linz, in den Glöcknerweg angetreten hat, wo du gerade jetzt über seine Rillen streichst und die Tatsache, dass dies ein Stück Papier ist, das gestern oder vor wenigen Tagen noch SIE in ihrem Zuhause in der *Dalagatan* mit IHREN Händen berührt haben muss und du in diesem Augenblick dasselbe Stück Papier mit deinen Händen berührst, womöglich exakt an denselben Stellen wie SIE gestern oder vor wenigen Tagen erst in IHRER *Dalagatan* und es so also von diesem

Tag an eine echte, keine fantasierte, sondern eine tausendprozentig echte Verbindung zwischen dir und IHR gibt, ist zu groß für dein Denken. Dagegen erweisen sich die von dir zurechtgelegten Worte, mit denen du von der unerhörten Begebenheit zu berichten brennst und, mehr noch, die Gesamtheit aller sprachlichen Ausdrucksmöglichkeiten als zu winzig und darum unzulänglich, wie du bald erkennen musst.

Dabei hast du dir eine Dramaturgie überlegt gehabt. Sobald die jüngere der beiden Schwestern von wer weiß wo nach Hause kommt, folgst du ihr ins Badezimmer und teilst ihr, während sie sich die Hände wäscht, deine Euphorie nur mit Mühe unterdrückend mit, *dass* du einen Brief erhalten hast. Und dann erst, von wem. Das würde ihre Überraschung auf ein Maximum steigern: zuerst nur, dass du einen Brief bekommen hast und dann erst den Namen, IHREN Namen! Du sagst es. Die Schwester schweigt. Sie drückt sich schnell und routiniert einen Pickel auf dem Kinn aus, riecht dann an ihrer Achselhöhle und antwortet endlich: *Wenn du zwölf bist, kommt der Zwiebelgeruch.* Also versuchst du es noch einmal, du fasst alles in einem einzigen Satz zusammen und, vor innerer Spannung beinahe platzend, streckst deiner Schwester den Brief entgegen, worauf sie, die inzwischen eine ihrer harten Kontaktlinsen herausgenommen hat, um sie in der Mundhöhle zu reinigen, laut aufschreit, weil dein Briefkuvert in dem Schwung, mit dem du es ihr unter die Nase befördertest, die Linse von ihrem Zeigefinger gewischt hat. Die Linse liegt nun irgendwo da auf dem gesprenkelten PVC-Boden und zu dritt sucht ihr, deine fuchtige Schwester, die herbeigeeilte Mutter mit ihrer dicken Brille und du, nach der Linse. *Linsnen,* seufzt die Mutter, hab ich dir nicht gesagt, dass *Linsnen* nix für dich sind? *Linsen!,* antwortet ihr, deine Schwester und du, gleichzeitig und in vollem Bewusstsein, dass es sinnlos ist, die Mutter zu korrigieren, seit ihr denken könnt, klammert sie sich an ihren selbst erfundenen Plural wie der Vater an seinen *Grüßteich.* Wie immer bist du es, die das unsichtbare Ding wiederfindet. Aber ein kleines Wort des Dankes oder Interesse an dem, was du zu erzählen hast, brauchst du unter den Umständen nicht mehr zu erwarten. Du bist schuldig. Außerdem hat es gerade an der Tür geläutet und die Schwester rennt, mit der hastig wieder eingesetzten Kontaktlinse im Auge, ins Vorzimmer, schnell, schnell in die Schuhe und zackbumm Tür zu.

Du wieder allein. Mit der Mutter. Und dem Brief!

Die Wellensittiche haben den Futterspender leergefressen und ihr seid immer noch nicht nach Ungarn gefahren, nun willst du dir einen anderen, geeigneteren Zeitmesser suchen und glaubst, ihn in dem Miniaturfallschirm zu finden, den der große G. aus dem fünften Stock, ein friedfertiger Technikfreak, der dir als Spielgefährte allerdings zu alt und zu phlegmatisch ist, vor einer Weile von seinem Balkon aus hat fliegen lassen, woraufhin sich der Fallschirm samt seinem silberfarbenen Plastikmännchen ausgerechnet in dem Baum verfangen hat, der vor eurem Mädchenzimmerfenster steht. Nachdem der große G. zu einem Lokalaugenschein in euer Zimmer gekommen ist und behauptet hat, der Fallschirm hänge nur an der äußersten Astspitze und würde sich beim nächsten Windstoß und spätestens beim nächsten Sommergewitter lösen, hast du jeden Tag viel Zeit damit verbracht, diesen feierlichen Moment abzupassen, hast am Fenster geduldig jede kleine Bewegung des Fallschirmmännchens beobachtet, ohne dass sich die Prophezeiung des großen G. bewahrheitet hätte. Auch jetzt, wo du am Mädchenzimmerfenster stehst und rausschaust, baumelt es, ein paar Meter von dir entfernt, auf gleicher Höhe mit deiner Nase über dem leeren Hof. Der dünne Ast, an dem der Fallschirmspringer hängt, scheint dir, biegt sich heute unter seiner Last stärker nach unten, ein, zwei Millimeter mindestens. Wenn sich der Fallschirm löst und hinunterschwebt, sagst du dir, werdet ihr losfahren, das ist ab jetzt Gesetz.

Sie scheinen dir endlos, diese paar Stunden bis zum Abendessen. Immer wieder gibt es Momente, in denen du nicht an den Brief denkst, wenn du aufs Klo gehst zum Beispiel oder einfach mit den Gedanken anderswohin abschweifst, aber wenn er dir dann wieder einfällt, ist es wie ein Fallbeil, ZONG!, und du bist jedes Mal wie elektrisiert, dein Herz wird laut und du sagst dir: Das ist jetzt echt, das gibt es jetzt. Und schließlich kommt sie doch, die Abendstunde, in der du endlich deinen Triumph in die Welt posaunen kannst, nein, eigentlich ist es die Mutter, die das für dich übernimmt, als sie, die Suppe austeilend, der versammelten Familie mit einigem Stolz in der Stimme, wie dir nicht entgeht, von dem Brief erzählt. Es gibt *Ahhs* und *Ohhs*, aber du bist nicht so dumm, den Grad an Übertreibung in diesen Ausrufen zu überhören, der sich immer hineinmischt, wenn sie dich als Jüngste für etwas loben oder erstaunt tun, weshalb du schon lange aufgehört hast, diese Art Äußerungen als das zu nehmen, was sie zu sein dir weismachen wollen. Du behältst deine Miene eisernen Ernstes auf und lässt dich nicht zu einem Lächeln hinreißen. Nur der älteste Bruder, der dir immer wohlgesonnen ist und war, verlangt, den Brief zu sehen, und zufällig hast du ihn schon in deiner linken Hand unter dem Tisch und ziehst ihn jetzt hervor, den Brief, den SIE gestern noch in ihren Händen gehalten haben muss, und übergibst ihn deinem ältesten Bruder, der sein Suppengelöffle nur kurz unterbricht, um den Brief aus dem vanillegelben Kuvert zu ziehen und neben seinen Suppenteller zu legen. Und da liegt der Brief nun, der gestern noch auf IHREM Schreibtisch in der *Dalagatan* gelegen sein muss, auf eurem Esstisch am Glöcknerweg in Linz-Kleinmünchen, unter den suchenden Augen deines ältesten Bruders, der ungerührt seine Suppe weiterschlürft. Aber schweigen tun sie alle, vor Spannung.

Und?, fragt die jüngere der beiden älteren Schwestern.

Die hat ja gar nichts geschrieben. Das ist doch das, was du geschrieben hast, meint der ältere Bruder.

Jetzt spürst du die Wut in dir hochkochen. Einiges hast du befürchtet gehabt, dieses Ausmaß an Ignoranz aber übertrifft deine Vorahnungen bei

Weitem. Du hüpfst auf, rennst um den Tisch zu deinem Bruder und tippst auf das, was SIE als Antwort auf deine Frage geschrieben hat, und zum besseren Verständnis liest du es der versammelten Familie vor, du liest deine Frage und IHRE Antwort darauf vor, laut und deutlich, sehr deutlich.

Danach Stille. Einige grinsen und die jüngere der beiden älteren Schwestern prustet los, aber da macht die Mutter ihr ein Zeichen mit der Hand, sie soll still sein, und dann sagt der älteste Bruder: Aha, super, und der Vater, der schon mit den gebratenen Hühnerteilen beschäftigt ist, sagt auch Super, Schatzi, und die ältere der beiden älteren Schwestern begehrt jetzt auch, den Brief zu sehen, aber du gibst ihn ihr nicht, weil sie zu denen gehört, die vorher so eigenartig gegrinst haben, und während der jüngere der beiden älteren Brüder, ganz so, als gäbe es in diesem Augenblick nichts Triftigeres zu bedenken, die Mutter fragt, ob ihr auch scharfes Ketchup habt, da nimmst du entschlossen den Brief, den SIE gestern noch in dieses Kuvert geschoben haben muss, und steckst ihn deinerseits wieder ins Kuvert zurück, dann gehst du in dein Zimmer und setzt dich in den Kleiderkasten der älteren deiner Schwestern. Keinen Schimmer haben die, was es bedeutet, dass du hier in eurer Wohnung am Linzer Glöcknerweg einen Brief in Händen hältst und für ein paar Minuten auch die da draußen hätten in Händen halten können, wenn sie seine Bedeutung nur zu erkennen imstande gewesen wären, den SIE gestern oder vor wenigen Tagen noch so weit weg in ihrer *Dalagatan* in den ihren gehalten haben muss. Die Mutter ruft dich, doch essen zu kommen, aber du wirst es nicht tun. Du wirst erst essen, wenn alle anderen sich verzogen haben, wenn überhaupt. Vielleicht nie mehr essen. Fahrig streichst du über die Rillen des vanillegelben Kuverts, aber jetzt fühlt es sich nicht mehr so gut an wie vorher.

Die Musik des älteren deiner beiden Brüder und wie sie die ganze Wohnung ausfüllt, jeden Tag und heute bis in den Kleiderkasten hinein. *Sonst ist es keine Musik*, pflegt der Bruder zu sagen, fast bis zum Anschlag dreht er den Lautstärkeregler seiner Stereoanlage, schnell noch, bevor die Nachbarin von unten um Punkt zweiundzwanzig Uhr mit dem Besenstiel an die Zimmerdecke zu euch nach oben zu klopfen anfängt:

BOHR'N BOHR'N BOHR'N TUBIE ÄLEIW! …

TUBIE ÄLAEIW TUBIE ÄLEIW TUBIE ÄLEIW!

Bohren mit englischem R ausgesprochen. Man

muss die Zunge seitlich und vorne bei der Spitze einrollen, als wäre sie eine Schüssel oder ein abgefallenes Herbstblatt, das sich an den Rändern nach innen wölbt, und doch darf die Zungenspitze den Gaumen nicht richtig berühren, das ist der Trick dabei. Das englische R ist viel leichter hinzubekommen als das rollende ungarische RRRRRR, für das du all deine Zungenkräfte aufwenden musst, Gewalt beinahe, während das englische sich wie von selber spricht. Hat man es einmal heraußen, das englische R, was also keine Kunst ist, kann man ohne Probleme jeden erdenklichen Kauderwelsch daherreden und es klingt wie Englisch, die Sehnsuchtssprache deines Vaters, der als ein aus der Ungarischen Revolution heraus geflüchteter Sechzehnjähriger eigentlich nach Amerika hatte weiterflüchten wollen, dann aber doch in Linz an der Donau hängen geblieben ist und seither, mehr noch als dieses Amerika, die englische Sprache als unerreichtes Lebensziel in seiner Brust mit sich herumschleppt, und womöglich, denkst du, ist es gerade das englische R mit seinem schräg nach vorn ausschlagenden Bein, das ihm von Zeit zu Zeit diesen stillen, heimlichen Schmerz im Inneren verursacht, den deine Geschwister, um es dir zu erklären, *Heimweh* nennen, wo es sich doch, wie du dir denken musst, um Fernweh handelt. Wie dem auch sei, für das Englische musst du jedenfalls nur einen einzigen Buchstaben, und zwar das englische R, beherrschen, um die ganze Sprache sprechen zu können, und so kannst du problemlos auch alle Liedtexte mitsingen, die aus der Stereoanlage deines Bruders dröhnen, wenn du auch kein Wort davon verstehst. Das englische R und alles, was englisch klingt, hat irgendwie mit der Musik des älteren deiner Brüder zu tun und mit den Posters, die die Geschwister aufgehängt haben: *Kwien* und die *Roulin Stouns* im Bubenzimmer und im Mädchenzimmer die *Bie Tschies, Däiwid Bouie* und *Abba*, die man alle ein bisschen anders schreibt als man sie sagt, außer ABBA, die hast du dir gemerkt, weil das erste B spiegelverkehrt ist und alles in Großbuchstaben. Du bist Feuer und Flamme, weil dir deine Mutter angekündigt hat, dich demnächst, weil sonst niemand auf dich aufpassen kann, zu den *Wäit Wotschers* mitzunehmen, zu der Rockband, von der du sie, deine Mutter und ihre beiden Schwestern, deine Tanten, so oft begeistert hast reden gehört. Aber nicht jetzt, nicht heute und auch morgen nicht. In circa zwei Wochen, so die Mutter, du musst dich gedulden. Schon das Wort *Geduld* verursacht dir Brechreiz, tut so mild wie Kamillentee und raubt einem in Wahrheit den letzten Nerv und du fragst dich, warum nicht ein Mal, ein einziges Mal etwas gleich losgehen kann, verdammt.

Ein seltsamer Umstand ist es, dass so oft kurz vor dem Einschlafen dein Traum der vergangenen Nacht wieder aufglimmt, als wollte er sich für einen winzig kleinen Moment bemerkbar machen und sagen, Komm mit, es geht weiter!, und wenn die Bedingungen in dieser Glimmersekunde günstig sind für den bevorstehenden Schlaf, wenn du müde genug bist, die Sommerluft lau und geschmeidig und die Schwestern nicht mehr mit ihren Gerätschaften klappern oder durch Zahnspangen zischen, du also müde, aber immer noch aufmerksam genug bist, die eilige Erscheinung im Dunkel auszumachen, den Punkt zu erhaschen, in dem Auftauchen und Verschwinden des schon geträumten Traumes und also der Traumerinnerung zusammenfallen, dann kannst du auf- oder hineinspringen und weiterträumen, da, wo du gestern aufgehört hast. Weil aber die Schwestern angeben, mit derlei Traumwiedergängern kurz vor dem Einschlafen noch keine Bekanntschaft gemacht zu haben, fühlst du dich deswegen ein wenig sonderbar.

Abgesehen davon, doch das ist dein Geheimnis, hast du ein Repertoire an wiederkehrenden Träumen. Einer deiner wiederkehrenden Träume, und er gehört zu denen, die du nicht magst, ist der, in dem du deine Augen nicht öffnen kannst, weil du von gleißendem Licht umgeben bist, von blendender Helligkeit, wie Milch, grelle Milch.

Beinahe so grell ist es, als du aus dem Auto deines Vaters, einem alten beige-weißen VW-Bus, aussteigst und dich wie selbstverständlich vor das flache Heck stellst, wo dich dein Vater, weil du noch klein bist, nicht sehen kann. Auch die Mutter kann dich nicht sehen, sie steht bei der offenen Beifahrertür auf dem Gehsteig und wechselt ein paar abschließende Worte mit dem Vater. Nur deine Tanten können dich sehen, dort drüben auf der anderen Straßenseite vor dem Schwimmbad, dem Schörgenhubbad, vor dem ihr euch verabredet habt. Die Tanten, zwei Schwestern deiner Mutter, machen merkwürdige Gesichter und dann, als dein Vater, der euch hier nur absetzen soll, wieder anstartet, beginnen sie wie am Spieß zu schreien und sich die Hände vor den Mund zu halten und zu gestikulieren, als würden sie gerade etwas außerordentlich Schauderhaftes vorgeführt bekommen.

Es ist schön und interessant, die Tanten so außer sich zu sehen. Du würdest auch gern wissen, was los ist. Keine Sekunde kommt es dir in den Sinn, dass du selbst, mit ausgestreckten Armen gegen den VW-Bus gepresst, der Grund für ihre panischen Gebärden sein könntest, bis deine Mutter dich mit einem brutalen Ruck auf den Gehsteig reißt und dich zu laut fragt, ob du spinnst.

Nun, wo du in deinem Bett liegst und dich an diese wer weiß wann erlebte Szene erinnerst, siehst du vor dir, wie dein Vater, bevor er davonfährt, hinter den Fensterscheiben des VWs deiner Mutter empörte Gesten nachschickt, begleitet von Worten, die du wegen der geschlossenen Fenster nicht verstehen kannst, die aber, so viel ist dir klar, nur wenig schmeichelhaften Inhalts sein können, und dass deine Mutter daraufhin etwas ruft, das halb als Verteidigung ihrer selbst und halb als Anklage gegen dich und deine irrwitzige Idee, dich vor das Auto zu stellen, zu deuten ist.

Genauso deutlich aber hast du noch vor Augen, wie dein Vater vergeblich versucht loszufahren, du siehst sein verdutztes, tiefernstes Gesicht mit einer von Denkfalten zerfurchten Stirn in dem Moment, als er zum ersten Mal aufs Gas steigt und nicht wegkommt, weil du vor dem Auto stehst, siehst sein Gesicht hinter der Fensterscheibe, der du doch den Rücken gekehrt hast, sodass es ganz unmöglich ist, von deinem gewagten Standort aus deinen Vater in den Blick zu bekommen. Und doch siehst du ihn jetzt, wo du in deinem Bett liegst, so deutlich vor dir, als ob du es so erlebt hättest. Du fragst dich, ob dir deine Erinnerung wieder einmal einen Streich spielt, wie schon bei der Frage, ob der eines Nachts zusammengekauert im Wohnzimmervitrinenschrank zwischen den Schnaps- und Eierlikörflaschen hockende Einbrecher mit Pistole echt oder nur geträumt war, oder ob es tatsächlich so gewesen sein kann, dass du im Augenblick des lauernden, aber von dir nicht im Mindesten erahnten Todes, mehr wahrzunehmen imstande warst, als der beschränkte Menschenverstand es sich erklären kann. Du konntest durch deinen Rücken sehen, durch das heiße Motorbrummen hindurch und nach oben, dem Vater ins Gesicht, ungeachtet deiner kleinen Körpergröße und Position. Alles hast du gesehen und gehört und du warst nicht mehr klein. Du warst überall und nirgends.

VIER

Das Stillhalten ist eine Qual. Du kannst nicht mehr liegen, du schlägst die Decke zurück, springst zum Fenster. Die aufgehende Sonne hinter dem Ahorn. Der Fallschirmspringer zwischen den Blättern vor deiner Nase, bewegungslos beinahe. In deinem Rücken atmen deine Schwestern ihre versetzten Atemzüge: Atmet die eine ein, atmet die andere aus und umgekehrt. Wollen nicht gestört werden in der Früh, deine Schwestern, wollen sich ausschlafen. *Wehe, du wachst früh auf, wehe du weckst uns auf!* Warten, bis sie aufwachen. Ein bisschen Lärm machen mit den Legosteinen und dem Kassettenrekorder. Ein bisschen auf *Play* und gleich wieder auf *Stop*. In deinen *Spatzenpost*-Heften blättern, laut umblättern. Sie beobachten, die Schwestern, ob sie sich rühren, ob ihre Lider zucken. Wie die jüngere der Schwestern schnarcht, mit offenem Mund liegt sie da. Wie sich ihre Nasenlöcher blähen. Dann murmelt sie etwas, das du nicht verstehen kannst, aber auch nicht verstehen willst, das Einzige, was dich interessiert, ist, ob dieses Murmeln das baldige Aufwachen der Schwester ankündigt. Das tut es nicht. Sie spricht oft im Schlaf, meistens Unsinn, du kennst das schon. Neben ihr die ältere der beiden Schwestern: Ruhig und leicht wie eine Feder liegt sie in der Bettwäsche, nur die Augäpfel bewegen sich unter den Lidern hin und her. Ihr Mund ist zu, leider, sonst könntest du die Zahnspange sehen mit ihren merkwürdigen Drähten. Warten. Wartenwartenwarten.

Allmählich beginnst du, leise vor dich hin zu sprechen, flüsterst ein paar Schimpfwörter in den Atemkanon deiner beiden Schwestern hinein, fast könnte es ein Lied sein, ein Beschwerde- oder Beschwörungslied, und hat es nicht schon einmal mit ein bisschen Jammern funktioniert, letzten Sommer in Ungarn, erinnerst du dich, als ihr, deine Cousine und du, mit den Vätern beim Angeln am See wart und deine Cousine lange vor dir schon einen Fisch aus dem Wasser gezogen hat, während dein Stoppel unangetastet von jedem noch so kleinen Fischmaul auf den schlammgrünen Wellen schaukelte. *Denstoppelnichtausdenaugenverlieren, Ruhigstehenundnichtsprechen, Pssssssst!,* die gestrengen Anweisungen der Väter in zwei Sprachen waren so lange hinzunehmen gewesen, solange noch niemand der Anwesenden einen Fang zu verzeichnen gehabt hatte, mit dem Vorpreschen der Cousine aber mussten dir der Stillhaltezwang und das stumme Warten darauf, dass der Stoppel unter die Wasseroberfläche flutscht, unerträglich werden, was dich dazu brachte, entnervt die Angelrute nach hinten zu reißen, unter Tränen klagend, du würdest sowieso nie etwas fangen, und siehe da, es zappelte ein silbrig blinkendes Fischlein an deiner Angelschnur. Schallendes Lachen der Väter, das sie euch, ihren Kindern, nie erlaubt hätten. Den armen Fisch hast du später wieder ins Wasser geworfen. Deine Schwestern aber scheinen anders zu funktionieren als die ungarischen Fische, hören schlechter, obwohl sie nicht unter Wasser sind, höchstens durch einen Traum tauchen, hören gar nicht, nichts hören sie im See ihres Schlafes, sie verschlafen deine Litanei aus schönsten Schimpfwörtern, schlafen sie weg, schlafen einfach weiter. Weiter warten. Warten.

Zwei-, dreimal im Jahr gehen die Schwestern und du ins Vatergeschäft, die Auslagen putzen und dekorieren, so auch heute. Du liebst die Vatergeschäftbesuche, allein wegen des Geruchs. Nach Gummi von den Reifen riecht es und nach Kettenöl und uralten speckig gewordenen Holzdielen und Mauern, an denen vergilbte Motorradplakate und Spinnweben hängen und von denen der Verputz da und dort abbröckelt, sodass man Lust bekommt, von dem weißen Geriesel einmal zu kosten, wenn gerade niemand herschaut. Die Auslagen müssen erst ausgeräumt werden, bevor ihr sie putzt, und dabei findest du zwischen all den Helmen und Hupen und Radkörben ein bunt gemustertes Ei aus Karton, das du vergangene Ostern eigenhändig mit Wasserfarben bemalt und hier angebracht hast, jetzt bis zur Unkenntlichkeit ausgebleicht und die Farben ineinander verronnen. So versteckt ist es kein Wunder, dass niemand was kaufen will, maulst du tief gekränkt, und die ältere der beiden Schwestern erklärt, was sie schon oft erklärt hat, dass der Vater eben auch auf BMX-Räder *aufspringen* müsste, ja, *aufspringen* sagt sie, auch wenn sie etwas anderes damit meint, als man im ersten Moment denken könnte, denn der Vater springt selbst gar nicht auf ein Rad, sondern fährt mit dem Auto, aber dafür, so die Schwester weiter, und sie blickt sich vorsichtig um, ob der Vater auch wirklich hinten in der Werkstatt geblieben ist und nicht hören kann, was sie jetzt sagt, dafür ist der Vater zu altmodisch, nur Puch und KTM, das ist ja schön und gut, bestimmt auch beste Qualität, aber BMX voll in Mode, so spricht die ältere der Schwestern und die jüngere macht Blasen mit dem Kaugummi und nickt dazu: Genau, alle wollen nurmehrnur BMX-Räder.

Das Vatergeschäft besteht aus einem kleinen Büro, einer Werkstatt, einem Hinterhof und dem großen Verkaufsraum zur Straße hin, da stehen alle neuen Fahrräder und Mopeds und an den Wänden gibt es dunkelbraune Kommoden mit Hunderten kleiner beschrifteter Laden für all die Ersatzteile, Zahnräder, Ventile, Bremsseile, Schläuche, Drähte, Schrauben und so weiter, beinahe wie in einer Apotheke, nur älter und schmutziger sind die Laden im Vatergeschäft, aber sie passen perfekt hierher, findest du, weil du den Vater so oft *tut mir leid* sagen hörst. Im Dialekt heißt leid *lad.* Und dieses *lad* gehört in gewisser Weise zu den Laden, die zum Geschäft und zum Vater gehören, und zum Vater gehört außerdem das Gereizt- und Genervtsein, wegen der unbelehrbaren Kunden, die mit ihren miesen Billigfahrrädern aus dem Supermarkt zu ihm kommen, diesem *Klumpert* oder *Klumpaad,* sagt der Vater, wobei er das A für den ortsüblichen Dialekt eine Spur zu lang zieht, mit Fahrrädern also, die von so minderer Qualität sind, dass es keinen Sinn hätte, sie zu reparieren, weil dasselbe Problem innerhalb kürzester Zeit von Neuem auftreten würde, weshalb der Vater prinzipiell keine

Supermarktfahrräder, also *Klumpert* mehr repariert und aus. Das *tuat ma lad* des Vaters ist ein endgültiges, im Geschäft wie auch zu Hause. Das weißt du genau, aber die Kunden, die den Vater noch nicht kennen, müssen das erst lernen.

Die Schwestern sind jetzt in den Hinterhof gegangen, Schwämme auswaschen und frisches Wasser holen, während du den Verkaufsraum bewachen sollst. Dienstbeflissen stehst du hinter dem Tresen, in dem sich auch die Kassa befindet, wie du weißt, und neben dir, in einem drehbaren Verkaufsständer, siehst du die schönsten Klingeln, die man sich auf einen Fahrradlenker geben kann, silberne Klingeln mit Micky-Maus-Motiven auf dem Deckel, der sich abschrauben lässt, und jede Klingel macht einen anderen hellen Ton, so eine Klingel hättest du gern, aber der Vater hat dir noch immer keine angeboten, vielleicht aber heute, wenn du dir Mühe gibst mit dem Bewachen des Verkaufsraums. Auf dem Tresen liegt ein Zahnrad und dieses Zahnrad, das dir seinen Namen durch seine Zackigkeit vorzuzeigen scheint, lässt dich zuerst an deinen wackelnden Vorderzahn denken, den du jetzt mit deiner Zunge hin- und herbewegst, bis dieses schaurig schmatzende Geräusch entsteht, dann aber an die Gesellenprüfung des Vaters, bei der der Vater den Lehrmeister nicht nur durch das fachkundige Beantworten einer Prüfungsfrage zum Zahnkranz hat überzeugen können, sondern auch und vor allem durch die korrekte Verwendung des Partizip I: *Der sich auf dem Zahnkranz befindende …* Du hast vergessen, was genau sich auf dem Zahnkranz befindet, weißt aber, weil es der Vater so oft erzählt hat, dass es mehr noch als die Kenntnisse der Mechanik seine Beherrschung der deutschen Sprache gewesen ist, die der Lehrmeister bei der Abschlusszeremonie in den Himmel gelobt hat, das Partizip I und nicht der Zahnkranz war das Gesellenstück des Vaters und dafür verantwortlich, dass er, der junge Ungarnflüchtling, damals mit Auszeichnung bestanden hat, ist der Vater bis heute überzeugt.

Zwei junge Burschen betreten das Geschäft, einer mit lockigen, der andere mit glatten Haaren. Immer wenn jemand die Ladentür öffnet, läutet auch beim Vater hinten in der Werkstatt eine Glocke, weil der Vater keine Mitarbeiter hat außer deinen Brüdern, die ihm in den Ferien dann und wann aushelfen, und für gewöhnlich läuft der Vater, wenn die Glocke klingelt, durch den Hinterhof in den Verkaufsraum, nur jetzt nicht, jetzt stehst du, immer noch allein, hinter dem Tresen und vor den beiden Burschen, grüßt mit deiner leisesten Stimme zurück und legst eine Hand auf den Korb mit den Micky-Maus-Klingeln, denn dir ist, als schielten die beiden gierig nach deinen Lieblingsklingeln. Eine Weile steigen die Burschen wortlos von einem Bein aufs andere, dann sagt der eine: Ein lässiges Geschäft. Irgendwie hast du den Eindruck, dass sie es auch ein bisschen zu dir gesagt haben. Es freut dich, dass sie das Vatergeschäft lässig finden, und um diese Lässigkeit noch zu steigern und die Burschen zu beeindrucken, sagst du, nun schon etwas mutiger geworden: *Der sich in der Werkstatt befindende Chef kommt sofort.* Die Burschen wirken kein bisschen beeindruckt. Schweigend lassen sie ihre Blicke weiter durch den Verkaufsraum schweifen. Dann wendet sich der Lockige an dich: Hilfst dem Papa heut?

Du nickst.

Braver Bub, sagt der Glatte.

Du korrigierst ihn nicht, du lässt die beiden in ihrem Glauben, wie du alle Leute, die dich für einen Jungen halten, in ihrem Glauben lässt. Und dann kommt der Vater dich erlösen und du läufst wie der Blitz in den Hinterhof zu deinen Schwestern, was die da nur so lange machen, diese Trödeltanten. Jetzt willst du aber deine selbst gebastelten Papiersonnen, -schiffe und -ufos in die Auslage hängen.

Zu Hause gibt es Gemüsesuppe als Vorspeise, und als du in ein Stück Karfiol beißt, fällt dir dein Wackelzahn aus und du schluckst ihn vor lauter Schreck. Der Geschmack der Suppe vermischt sich mit dem von Blut, dir graust und du schreist heraus, was passiert ist, doch deine Zunge stößt da oben auf keinen Widerstand mehr, weil dir jetzt beide Vorderzähne fehlen, das nimmt deinen Ausrufen jede Würde. Die Ts und Ds zu falschen Ns verstümmelt und das S wie ein Tropfen Wasser, der auf einer heißen Herdplatte verzischt: *Schschsch …*, so versuchst du, den anderen dein Unglück zu schildern, doch wie so oft, wenn du besonders verzweifelt bist, und das ist dir ein Rätsel, fangen die anderen zu lachen an, zum Glück sind die Brüder nicht da, sind in ihren Ferienjobs, sonst wäre das Lachen noch lauter und zügelloser ausgefallen, nur die Mutter macht eine besorgte Miene, sie will in deinen Mund schauen, wie stark es blutet, du aber lässt sie nicht, deine Zähne gehen niemanden etwas an, nur wie du den Zahn jetzt aus deinem Bauch wieder rauskriegst und ob er hoffentlich nicht innen irgendwo anwächst, das willst du die Mutter dann fragen, später, wenn sich die Schwestern verzogen haben, die Mutter aber hat deine Gedanken schon gelesen und erklärt, man muss nur ein paar Dörrpflaumen essen, das regt die Verdauung an und dann geht alles ganz von allein.

Supermärkte sind Gebiete, in denen die Mutter etwas für ihr Selbstbewusstsein tut oder tun lässt. Früher bist du im Einkaufswagen gesessen, jetzt trottest du daneben her und früher wie jetzt flüstert dir die Mutter verschwörerisch zu, mit Blick auf andere korpulente Frauen, die hier ihre Einkäufe tätigen und abwägend vor den Regalen stehen: Ob sie, deine Mutter, dicker ist als diese andere da oder ob die andere dicker ist als sie, das sollst du ihr sagen. Seit du denken kannst, haben dir die nonverbalen Signale, die von der Mutter bei dieser Frage ausgehen, die richtige Antwort angezeigt, dass nämlich sie, die Mutter, die weniger Dicke im Lande sei und die andere die viel Dickere. Du gibst ihr die ersehnte Antwort, in deiner naivsten Melodie sprichst du das zu Sprechende, und jedes Mal wieder tust du so, als stellte sie dir diese Frage zum ersten Mal, und die Mutter schreitet zufrieden weiter durch die Konservengänge, legt Thunfisch und Fisolen, deine Dörrpflaumen und noch viel mehr in den Wagen und an der Kassa noch eine Kleinigkeit für dich, die du dir selbst aussuchen darfst. Trotzdem stolpert die Mutter auf dem Heimweg über ein Nichts auf dem Gehsteig, kurz nach dem Schörgenhubbad. *Juuu!,* ruft sie, noch im Fallen, denn das ruft sie immer, wenn sie sich schreckt oder erstaunt ist, keiner weiß, woher sie das hat. Die auf dem Asphalt sitzende gestürzte Mutter ist gleich nach der weinenden Mutter das Schlimmste, das du dir vorstellen kannst. Die weinende tut dir nur leid, die gefallene aber ruft nicht nur Mitleid, sondern auch Schmach hervor. Mit aller Kraft ziehst du an der Hand der Mutter, obwohl du weißt, dass sie, was die Sache noch schlimmer macht, immer noch ein wenig sitzen will, bevor sie sich wieder aufrappelt, und ein Passant zieht an der anderen, weil er das nicht weiß, weshalb die Mutter sich bedankt und ihn anweist, sie noch ein wenig sitzen zu lassen, sie kann nicht so schnell wieder auf, lacht die Mutter. Der höfliche Herr bleibt stehen und wartet. Du schließt die Augen.

Glotzen und möglichst wenig blinzeln, damit dir nichts entgeht. Fernsehen darfst du, so viel du willst, niemand setzt dir je Grenzen, im Gegenteil, wäre doch der reinste Irrsinn, sagen die Geschwister, das unschätzbare Privileg nicht voll auszunützen, das euch die geografische Nähe eurer Heimatstadt zu Deutschland beschert, das Privileg, hier in Linz, Oberösterreich auch deutsches Fernsehen relativ rausch- und flimmerfrei empfangen zu können, während man sich andernorts mit den zwei Kanälen des ORF begnügen und also in der fernsehtechnischen Steinzeit darben muss.

Auch deine Eltern sehen gern und ausgiebig fern, der Vater abends nach der Arbeit, die Mutter mit Vorliebe beim vormittäglichen Kochen (und wie da so früh am Tag schon der Duft von geröstetem Zwiebel mit den irren Grimassen von Jerry Lewis verschmilzt oder das Nuscheln von Hans Moser mit dem zarten Geklimper des Kartoffelschälers!). Wann immer es Programm gibt,läuft bei euch der Fernseher, und nicht nur einer, oft schaut der Vater im Wohnzimmer dies, die Mutter im Esszimmer jenes und nicht selten beide zur gleichen Zeit dasselbe, was dich dazu bringt, bei einem von beiden kurzerhand abzudrehen. Für die, die vor einem Gerät sitzen, ist der Fernseher die Bande, über die gespielt wird, sollte eine Art Gespräch aufkommen. Die vereinzelten Sätze, so die Spielregel, werden mit Blick auf und in Richtung Fernsehgerät gesprochen, auch wenn sich dieser Satz an eine der anderen Personen vor dem Fernsehgerät richtet, umgekehrt wird auch so geantwortet, gelegentliche Seitenblicke zur angesprochenen Person oder in die Runde sind erlaubt. Ein Thema, das sich nicht auf das Gesehene bezieht, kann dabei jederzeit durch Bemerkungen und Kommentare zum Gesehenen unterbrochen werden oder von jenem ganz verdrängt werden. Der Fernseher ist das allen offenstehende Versteck, die Verschanzung, aber auch der Spiegel, in den man blickt, um mit anderen zu kommunizieren, der beste Stimmenersatz dann, wenn nichts gesagt werden kann.

Einmal, als die Großmutter aus dem kommunistischen Ungarn zu Besuch war, sie hatte ihren geflüchteten Sohn, deinen Vater, viele Jahre nicht gesehen, saß die westliche Familie, wie so oft, vor dem Fernseher versammelt im Wohnzimmer. Unvermittelt fing die Großmutter zu weinen an und stammelte einen ungarischen Satz. Der Vater übersetzte: *Wann werde ich dich wiedersehen?* Dazu der auf den Fernsehsessel herabfallende Unterarm des Vaters als Geste der Hilflosigkeit. Der Fernseher saugte die Hilflosigkeit, das Schweigen und deine eigene kindliche Betroffenheit, du konntest deine Tränen nur mit Mühe unterdrücken, umgehend auf und verwob alles zu einem großen Schleier, einem Belanglosigkeits- und Verharmlosungsschleier, der sich über euch legte und das Großmutterelend zumindest ein bisschen erträglicher machte, zugleich aber das ganze Wohnzimmer zu einer doppelbödigen Zone, in der das Wirkliche jederzeit kippen und sich als Film entpuppen konnte. Und umgekehrt.

Ganze Nachmittage vor dem Fernseher allein. Du schaust, was gerade läuft, am liebsten aber *Die Sendung mit der Maus, Sindbad, Lassie, Flipper, Biene Maja, Pinocchio, Heidi, Die schnellste Maus von Mexiko, Die Muppet Show, Die Schweizer Familie Robinson, Auch Spaß muss sein* mit Herbert Prikopa als Moderator (schon bei seinem Anblick musst du unweigerlich an Paprika denken) und als abendlichen Fixstern, um fünf vor sechs, das *Betthupferl*, wobei du die *Barbapapas* der *Familie Petz* eindeutig vorziehst, du schaust auch *The Munsters*, die Stummfilme von *Väter der Klamotte* am frühen Abend und, mit bemerkenswerter Ausdauer, das ORF-Testbild, wenn du zu früh aufgedreht hast. Natürlich hast du dich längst daran gewöhnt, dass in den meisten Filmen die Mundbewegungen der Schauspieler mit dem Text nicht zusammengehen, aber ärgern tut es dich trotzdem, nicht der illusionsstörenden Wirkung wegen, sondern weil du selbst die falsche Sprache sprichst, *in echt* sprechen die Lässigsten ja doch alle Englisch und sind Amerikaner, wie dieser rothaarige Bub in *Flipper*, den sie *Bött* nennen und der, wenn er *Nein* sagt, seine Lippen zu einem O rundet, da er in Wahrheit *no* sagt, so viel hast du jedenfalls kapiert. Englisch, amerikanisches Englisch, ist die Sprache der Sprachen und du, die du nur Deutsch und nicht einmal Deutsch, sondern abwechselnd das seltsame siebenbürgisch durchwachsene Hochdeutsch deiner Mutter und den ortsüblichen Dialekt, und den nicht überzeugend, weil vom Siebenbürgischen verfärbt, sprichst, du bist doppelt und dreifach unglaubwürdig und daher nicht echt. Du bist Fiktion, *Bött* ist authentisch.

Ein paarmal, während du jetzt im Fernsehsessel lungerst, rennt die ältere deiner Schwestern durch das Wohnzimmer, wählt im Vorzimmer hektisch eine Telefonnummer und legt sehr schnell wieder auf, im Vorbeigehen wirft sie dir ein *Boschur* oder *Sawa* zu, das dritte Mal rauscht sie schweigend in den hinteren Teil der Wohnung und du hörst, wie sie die Klotür aufreißt und kotzt. Daneben die Mutter, die sich wundert, was an ihrem *Seggediener Krautfleisch* schlecht gewesen sein kann, dahinter vergnügtes Zwitschern der Wellensittiche und die Musik des älteren deiner Brüder:

MAMAAA! HU-U-U-UUUUU!!!

Klim! … Klam! …

Der ältere Bruder sitzt im Esszimmer unter einer Trockenhaube, wie ein Raumfahrer mit einem zu großen Helm sieht er aus. Die Nachbarin aus dem sechsten Stock, eine Friseurin, macht ihm gerade Dauerwellen, weil die Burschen auf seinen Schallplatten auch alle Locken haben. Einen Oberlippenbart, so einen wie ihn auch der Vater trägt, seit du ihn kennst, hat er sich schon vor längerer Zeit wachsen lassen, der schaut unter dem Rand der Trockenhaube hervor, und alle paar Sekunden führt der ältere Bruder seine rechte Hand, die eine Zigarette hält, dorthin, um daran zu ziehen, dann qualmt es jedes Mal unter der Trockenhaube, aber deswegen trocknen die Haare auch nicht schneller, weshalb die Nachbarin noch eine Weile mit elegant überschlagenen Beinen am Esszimmertisch sitzen und warten und Kaffee trinken und sich mit deiner Mutter über deine kotzende Schwester und den Magen-Darm-Virus, der jetzt *herumgeht,* wundern muss. *Schitt,* hörst du die ältere deiner beiden Schwestern hinter der Klotür, als du ganz vorsichtig dein Ohr daran legst, und noch einmal: *Schitt.*

Die Sehnsuchtssprache der älteren deiner Schwestern, das Französische, hat sie dazu bewogen, ihren neuen Wellensittich *Tristesse* zu nennen. Eure Wellensittiche haben Junge bekommen. Wochenlang habt ihr sie beim Brüten in einem eigens dafür angeschafften kleinen Holzkobel beobachtet, auch das Männchen hat die Eier von Zeit zu Zeit bebrütet. Und dann schlüpfen gleich fünf rosige, kaum befederte Vogelknäuel aus den Eierschalen heraus und du fragst dich, sobald sie ganz draußen sind, wie die da überhaupt hineingepasst haben in so ein kleines Ei, fünf neue Vögel im Haus. Müsst ihr leider alle verschenken, außer *Tristesse*, einem Weibchen mit schneeweißem Federkleid, nur auf einem Flügel hat es eine blaue Stelle. Von Anfang an hat sich deine Mutter gegen den französischen Namen ausgesprochen, der Name würde weder dem Vogel noch deiner Schwester Glück bringen, könne nur ein Unglück, eine Katastrophe verheißen, bei dieser Bedeutung, prophezeit die Mutter in einer für sie untypisch heftigen Brandrede. Spöttisches Lachen der Schwester. Ihr ist die Bedeutung egal, der Klang des Wortes, darauf kommt es ihr an: *Tristesse*. Sie berauscht sich an der melodisch-eleganten Lautkreation, ruft den Namen ihres Wellensittichs zart und überdeutlich und mit einem Anfangs-T, das sonst nur in eurem Nachbarland Deutschland mit solcher Härte ausgesprochen wird, nicht aber in Österreich mit seinem abgerundeten Anfangskonsonanten und gestutzten Wortenden, schon gar nicht am Glöcknerweg in Linz-Kleinmünchen, wo sich alle außer der Schwester nur zu einem schlampigen *Drisdäss* aufraffen können.

Irgendwann ist *Tristesse* verschwunden. Die Schwester hatte sie aus dem Käfig gelassen, bei geschlossenen Fenstern. Ihr sucht sie überall in der Wohnung. Nichts. Tags darauf findest du das Tier, mit dem Kopf in einer schmalen Blumenvase mit drei langstieligen roten Rosen steckend, die deine Schwester neulich von einem Verehrer geschenkt bekommen hat. Wasser hat sie trinken wollen, die *Tristesse*, und ist wohl an den Dornen des Liebessymbols hängen geblieben und ertrunken. Selbstmord, ist deine Mutter überzeugt, das habe sie jetzt von dem unglücklich gewählten Namen, so deine Mutter zu deiner Schwester.

Dann findest du eine Schildkröte. Es ist einer dieser Sommertage, an denen die Zeit zu einem festen Bild einfriert, und dieses Bild ist der Spielplatz im Hof hinter eurem Haus. Das einzig Bewegliche in dem Bild bist du, du auf der Rutsche, du auf dem Kletterturm, auf der Reifenschaukel, auf den Holzplanken der Sandkiste balancierend, an einem langen Teppichband, das neuerdings vom dicken Baum runterbaumelt, diesem würdevollen, alten Bergahorn, dem einzigen Baum im Hof, den du noch nicht bezwungen hast, weil seine untersten Äste oder Arme, denn es sind eher Abspaltungen oder Verlängerungen des Stammes, und es ist der dickste Baumstamm, den du kennst, zu weit oben sind, um ohne Hilfsmittel hinaufzukommen. Vielleicht sind es ihre eckigen Bewegungen, die dich im ersten Moment glauben lassen, ein Spielzeug, etwas Mechanisches, Ferngesteuertes in der Wiese entdeckt zu haben, aber nein, es ist eine Schildkröte, eine echte, lebendige Schildkröte, die da durchs Gras schreitet. Du rufst dein Erstaunen in die Luft und stürzt zu dem Tier. Inzwischen ist ein kleineres Kind vom benachbarten Häuserblock aufgetaucht und du fragst es, ob die Schildkröte ihm gehört. Das Mädchen verneint und so schnappst du die Schildkröte, sie ist etwas größer als deine Hand, und läufst mit ihr nach oben, in eure Wohnung.

Umsonst schreibst du viele Zettel mit der Überschrift *Schildkröte zugelaufen,* ein Vorschlag deiner Mutter, *so sagt man das*, hat sie behauptet, aber dann das vernichtende Urteil deiner Geschwister, Spott und Hohn in ihren Stimmen, ihrem amüsierten Gackern und Witzeln, weil eine Schildkröte nicht laufen kann, meinen die Geschwister, ein Hund ja, eine Katze auch, aber eine Schildkröte und laufen?, sagen sie. Abgesehen davon ist, wenn du es recht bedenkst, weniger die Schildkröte dir zugelaufen als vielmehr du ihr, weshalb die Überschrift nun auch dir nicht mehr passend erscheint. *Schildkröte gefunden* schreibst du schließlich zehnmal, mit Telefonnummer und so weiter.

Wieder Post für dich, so oft hintereinander hast du noch nie in deinem Leben Post erhalten. Deine Freundin V. aus dem 2. Stock hat dir eine Karte aus Sardinien geschrieben, aber nicht über Sardinien schreibt sie oder über das Hotel, in dem sie wohnt, sondern nur über den Flug dorthin. Ein Satz auf der Karte lautet: *Und die Wolken schauen aus wie eine Watte.*

Noch mehr als um den Urlaub, und also die Fremde und das Meer, das auf der Karte zu einem dicken mattblauen Hintergrundstreifen gepresst ist, beneidest du sie um die Möglichkeit, von alldem berichten zu können. Der Satz *Und die Wolken schauen aus wie eine Watte* beeindruckt dich trotz der, wie du beim ersten Lesen gleich bemerkt hast, ein wenig tollpatschigen Verwendung des unbestimmten Artikels, er versetzt dich im Nu in jene luftigen Höhen auf der anderen Seite der Wolkendecke, wo immer die Sonne scheint. Wie ausgerechnet deine Freundin V., die sich, im Gegensatz zu dir, nicht im Geringsten für *Bullerbü* oder andere Bücher interessiert und, im Gegensatz zu dir, nicht nur Einser in der ersten Klasse gehabt hat, sondern auch Zweier und Dreier und in Betragen eine vernichtende Beurteilung, wie gerade sie einen Satz von solcher Kraft und Klarheit hat zustandebringen können, das fragst du dich jetzt. V. ist auch eine, musst du dir eingestehen, der man gerne zuhört, wenn sie etwas erzählt, ganz im Gegensatz zu dir. Wenn V. dir etwas erzählt, kommen die Sätze wie auf Schienen daher, nie scheint sie überlegen zu müssen, ganz im Gegensatz zu dir, *wie* sie dieses Etwas erzählen soll, und so gibt es zu den von ihr ausgewählten, mit Mühlviertler Dialektausdrücken gespickten Wörtern keine Alternative, sagt sie *Eadöpfi* (Erdäpfel), dann sind es auch welche, und die von ihr verzehrten Erdäpfel könnten auch niemals *Kartoffeln* heißen, im Gegensatz zu deinen, deine von deiner Siebenbürgerdeutsch geprägten Mutter gekochten heißen *Kartoffeln,* aber nie bist du dir ganz sicher, ob du sie nicht doch auch *Erdäpfel* nennen solltest und ob *Kartoffel* vielleicht wieder so ein Ausdruck ist, den nur deine Familie verwendet. Außerdem trägst du ja auch das Ungarische als Schatten unter deiner Haut, als Schattensprache, die du nicht beherrscht, die dich aber begleitet, seit du denken kannst, und ein paar Wörter, vor allem die, die Essbares bezeichnen, hast du dank eurer früheren Ungarn-Aufenthalte schon mitbekommen, weshalb du also neben *Erdäpfeln* und *Kartoffeln* auch *krumpli* kennst, ein Wort, das dich seinerseits an das Wort *verschrumpelt* denken lässt, und dieses wiederum ruft bei dir zwingend die Vorstellung von jenen Schrumpfköpfen hervor, geschrumpften Menschenköpfen, die du einmal im Haus der Natur in Salzburg gesehen hast, in einem kleinen Kammerl mit Vorhang sind sie untergebracht gewesen, der schauerliche Höhepunkt dieses Museumsbesuchs, der sich in deinen nächtlichen Träumen noch ein paarmal aufgebläht hat, weshalb du jedes Mal, wenn du in Ungarn Kartoffeln essen sollst, das Gefühl hast, in einen Schrumpfkopf zu beißen.

Ist also das Sprechen deiner Freundin V. ein Sprechen auf Schienen, dann ist deines ein rumpelndes Holpern und Stolpern auf einer löchrigen Schotterstraße mit vielen Abzweigungen, darunter auch Sackgassen, die dich an den Anfang zurückzwingen oder zumindest zur letzten Weggabelung.

Schreiben kann das Kind, aber reden!, hast du deine Tante, die nicht deine echte Tante, sondern die Frau eines ungarischen Freundes deines Vaters ist, und die sich, wie es heißt, *kein Blatt vor den Mund nimmt*, einmal sagen gehört, als du gerade dabei warst, deine *Bullerbü*-Bücher in ein leeres Schulheft abzuschreiben und die Bilder von Ilon Wikland mit Bleistift abzuzeichnen, nachdem dir die ältere deiner Schwestern zu deiner eigenen Bestürzung eröffnet gehabt hat, dass du die Bücher, und also die von dir entdeckte neue Welt des Lesens und des Lesens über den in allen Einzelheiten dich fesselnden schwedischen Landkinderalltag von Lisa, Britta, Inga, Lasse, Bosse und Ole demnächst der Bücherei zurückgeben musst.

Natürlich ist dir nicht entgangen, dass, wenn du etwas erzählst, dein Gegenüber, egal welches, manchmal abwesend gähnt oder plötzlich etwas anderes zu machen beginnt oder dich unterbricht, um sich über ein ganz anderes Thema zu verbreiten, was dich jedes Mal zutiefst kränkt. Du ahnst, dass das mit den Weggabelungen zu tun hat, an denen du zögerst und unsicher wirst, für welche der unzähligen zur Auswahl stehenden Formulierungen du dich entscheiden sollst, um die höchstmögliche Wirkung zu erzielen, dein Gegenüber so zu fesseln, wie die *Bullerbü*-Bücher dich fesseln, sobald du nur ihre roten Buchdeckel mit den farbigen Coverbildern von Ilon Wikland aufschlägst oder den eigentümlichen Duft des Papiers in dich einsaugst, der von den vergilbten und abgegriffenen und da und dort bekleckerten Seiten aufsteigt, indem du sie alle biegst, bis sie deinen Fingern entgleiten, und eine nach der anderen in die Gegenrichtung ausschlägt, und die so entstehende Daumenkinobrise wirst du nicht müde aufzuatmen, bis nichts mehr davon zu erriechen ist, also wieder von vorn und so weiter. Jetzt entdeckst du – du hast schon früh lesen gelernt, hast es dir von da und dort selbst zusammengeklaubt aus *Micky-Maus*-Heften, Werbeprospekten und so weiter, hast gefragt, *Was ist das für ein Buchstabe und das und das?*, bis dir plötzlich, als hätte sich eine Schleuse geöffnet, erst ganze Wörter, dann ganze Sätze entgegengeflossen sind –, du entdeckst jetzt das Schreiben als eine Möglichkeit, dir Luft zu machen und mehr noch, zu erfinden, als die Lösung deines Redeproblems. Beim Schreiben hast du alle Zeit der Welt, kannst, so lange du nur willst bei einer dieser Weggabelungen, und du gerätst fast permanent an eine, verweilen, kannst Rast machen, kannst, wenn du willst, sogar dein Butterbrot auspacken und in Ruhe jausnen und dich ohne den herzbeschwerenden Druck eines gähnenden Gegenübers für einen der Wege entscheiden. Das Beste ist, dass du jederzeit einen Schritt zurück oder überhaupt an den Anfang hüpfen kannst, ohne dass es am Ende jemand merkt. Zaubern kannst du jetzt und brauchst dazu nichts anderes als Stift und Papier.

Du denkst dir kurze Geschichten aus, von Kindern und Tieren, und schreibst sie in dein altes Sachunterrichtsheft, da ist hinten noch Platz. Halbe Seiten und manchmal sogar eine ganze. Der älteste Bruder überrascht dich einmal beim Schreiben, liest deine Geschichte und lobt dich. Nun hast du, vom brüderlichen Lob beflügelt, ein größeres Werk in Planung, und du hast auch schon damit begonnen: Eine Hommage an *Bullerbü*, eine an *Bullerbü* gemahnende, episodisch gestaltete Geschichte über siebenjährige Zwillingsbrüder auf dem nicht näher lokalisierten Lande, ein Stoff, bei dem du dich fast hundertprozentig auf deine Erfindungsgabe verlassen musst, da du als Linzkind, das sich stets in die Natur und das Dorf hineinträumt, hinaus aus der Stadt träumt, hinein in eine wild wuchernde Natur, und hinaus aus dem Beton, weg vom Asphalt und den Mauern, den Hochhäusern, den Hochöfen, dem Abgasgestank, hinein in den Wald, auf Wiesen, in Weiher und plätschernde Bäche hinein und hinaus aus deinem *Grüßteich*, in dem du dir, würdest du in ihn hineinspringen, einen Genickbruch holen würdest, weil es ihn nicht gibt, also du als echtes Linzkind kannst für dein literarisches Großprojekt kaum auf eigene Erfahrung zurückgreifen, du musst für den Kuhstall und den Heuschober und die hohe Sommerwiese, in denen *Bum und Buz*, so die Namen deiner Helden und gleichzeitig der Titel deines Buches, sich nach Herzenslust austoben, deine Fantasie melken, du hast statt Kühen und Pferden Wellensittiche und eine Schildkröte, die allesamt kein Heu fressen, und nicht über sommerliche Blumenwiesen, sondern im eingezäunten Geviert des Ballspielplatzes vor eurem Hochhaus, neben den durchnummerierten Autoparkplätzen läufst du herum, läufst dem Warten davon, mal mit, mal ohne Spielgefährten, im Moment ohne, weil durch eine unglückliche Fügung eben alle deine Freunde gleichzeitig auf Urlaub sind, am Wolfgangsee, bei der Oma, auf Pfadfinderlager oder auf Sardinien, warum dauert das nur so lange, warum gerade der Sommer immer in einen hundertjährigen Schlaf fallen muss. Nichts und niemand bewegt sich, unten im Hof.

Nur der Fallschirmmann im Geäst pendelt leicht im Wind, an unsichtbaren Schnüren.

Der jüngere deiner beiden Brüder kommt vom Fußballspielen heim, diesmal pfeift er kein Lied, wie sonst so oft, sondern schleppt sich, von Kopf bis Fuß triefnass, mit hängendem Kopf ins Bad. Die Mutter ihm entgegen und ihr *Juuu!* wie eine Lanze vor sich her, denn dort, wo der Bruder gegangen ist, im Vor- und im Wohnzimmer, sind jetzt Wasserlacken auf dem Boden. Das könnte deine Schildkröte trinken, denkst du dir, wenn sie bloß auftauchen würde, du suchst sie schon seit geraumer Zeit, aber keine Spur von ihr, das ist noch kein Alarmzeichen, ihr sucht sie, die ihr sie immer frei in der Wohnung rumstreunen lasst, fast jeden Tag einmal, so viele Verstecke gibt es für so ein kleines Tier bei euch, in eurem über die Jahre gepflegten Tohuwabohu, das ihr einerseits dem mangelnden Ordnungssinn von euch Kindern verdankt, andererseits der Tatsache, dass eure Mutter als eine im Krieg und in den entbehrungsreichen Jahren des Nachkriegs und der Nachflucht Aufgewachsene nichts wegschmeißen kann, man könnte es ja noch brauchen, *das ist noch gut!,* auch ein uralter, nie verwendeter Handmixer, an dem man kurbeln muss, ist *noch gut*, genauso wie die alten Kleider und Schuhe, die keiner mehr anzieht, die Ratgeberbücher und Konsalik-Romane von Donauland, die keiner liest und je gelesen hat, die unvollständigen Brettspiele, mit denen ihr nicht mehr spielen könnt und wollt, die vielen jahrzehntealten Ziergegenstände auf den Regalen, zum Beispiel von den Tanten mit Miniaturröckchen und Mini-Minis behäkelte Barbiepuppen, Tonvasen von euch Kindern, Schüsseln und Schalen mit Häufchen von Krimskrams darin, bestehend aus abgefallenen Schraubenmuttern, Radierern, Zehn-Groschen-Stücken, Steinen, Muscheln, Büroklammern, halben Kugelschreiberleichen und so weiter.

Aus dem Wassertrinken für deine Schildkröte wird dann doch nichts, weil deine Mutter schimpfend hinter deinem Bruder her putzt, mit einer für sie untypischen Resolutheit schleudert sie den Aufwischfetzen aufs Parkett und schreit deinem Bruder ins Bad nach, *Und wenn der Schuster Rudi sagt spring, dann springst!,* als Replik auf des Bruders Begründung für sein nasses Auftreten, er sei auf Aufforderung des Nachbarsbuben Rudolf Schuster dem Ball in den Bach nachgesprungen, da er selbst ihn zuvor unabsichtlich ebendorthin befördert hatte und sie, deine Mutter wird noch viele

Jahre lang die Gedankenlosigkeiten von euch Kindern mit dem Satz *Und wenn der Schuster Rudi sagt spring, dann springst!* kommentieren und euch so eure Mitläufertorheiten vor Augen halten.

Es ist ein Glück, dass die Mutter den Aufwischfetzen so wild schwingt, denn eine ihrer energischen Bewegungen fördert die Schildkröte von hinter dem Wohnzimmerfauteuil zutage, aber weil deine Mutter schlecht sieht, stößt sie mit dem Fuß dagegen und die Schildkröte schlittert wie ein Eishockey-Puck über den Parkettboden bis zur Balkontür. Erschrocken entschuldigt sich die Mutter bei dem Tier und jetzt ist ihre Stimme wieder die alte, mütterlich-besorgt-mitleidige. Wie immer, wenn ihr deine Schildkröte auf diese Weise durch die Wohnung schießt, und das ist, seit du sie hast, fast jeden Tag einmal einem von euch passiert, hat sie auch dieses Mal blitzschnell alle viere und ihren Kopf eingezogen, in den schützenden Panzer hinein, sodass nichts mehr von ihrem ledrigen Körper hervorlugt. Sie ist ein harter Hügel, ein Stein. Nichts kann ihr passieren. Niemand kann ihr wehtun. Vielleicht könnte man auf sie draufsteigen, aber du würdest es nie ausprobieren. Sie ist da, aber auch nicht. Ein Zustand, der dich auf unerklärliche Weise anzieht. Trotzdem versuchst du jetzt, sie mit einer Apfelspalte aus ihrem Unterschlupf zu locken. Siehst zu, wie ihr Kopf langsam wieder zum Vorschein kommt, zuerst die abgerundete Spitze mit den winzigen Nasenlöchern, dann der ganze Kopf mit den kugelrunden dunklen Augen. Je mehr sich der Kopf Richtung Apfel streckt, desto länger scheint der Hals zu werden und seine Falten glätten sich, so lang hat sich die Schildkröte in ihrem Hunger gemacht. Du hältst ihr den Apfel näher an den Mund, um ihr die unbequeme Streckhaltung zu ersparen. Du siehst, wie sich der zahnlose Mund, diese beiden v-förmigen Kanten, langsam öffnen, und bevor die Schildkröte zubeißt, siehst du eine reiskorngroße, rosig leuchtende Zunge sich bewegen. Unwirklich ist diese Zunge. Spielzeugartig. Du hast noch nie eine kleinere Zunge gesehen. Der Anblick ergreift dich, rührt dich, bindet dich augenblicklich an das Tier. Die Schildkröte braucht viele Bisse, bis sie die Apfelspalte aufgegessen hat. Es ist etwas Roboterhaftes an ihren Bewegungen, sie sind langsam und schnell zugleich. Das Mundaufmachen und Sichfestbeißen geschieht wie in Zeitlupe. Andererseits sind es höchstens ein, zwei, drei Minuten, die sie für das Apfelstück braucht, und das, obwohl der Schildkröte so ein Apfelstück als Mahlzeit doch gigantisch vorkommen muss, im Vergleich zu ihrer Körpergröße, es ist, als würdest du einen Autoreifen vorgesetzt bekommen.

Du verbringst viel Zeit damit, deine Schildkröte zu beobachten, und die Zeit dehnt sich dabei unmerklich aus. Das stört dich nicht, denn diese Art Zeit ist von anderer Beschaffenheit als die gewöhnliche, die in der Wanduhr im Esszimmer wichtigtuerisch mit ihren Absätzen klappert und doch nicht vom Fleck kommt. Zeitlos ist die Schildkrötenzeit, vorhanden ist sie, aber unsicht- und unhörbar. Auch nicht messbar. Sie befreit dich von deinem Zwang, die Minuten und Stunden zu zählen und die Tage bis zu eurer Abreise nach Ungarn. Du zählst nicht mehr. Du denkst nicht mehr an die Zeit. Du denkst überhaupt nicht mehr. Du hast dich auf das Tempo der Schildkröte eingeschwungen, dich auf ihre Bewegungen eingeschaut. In ihrer flinken Langsamkeit erkennst du dich wieder. Sie entspricht dir. Reden ist schnell, zu schnell für dich. Schreiben ist langsam und hat seine eigene Schnelligkeit. Das Schreiben geht mit der Schildkrötenzeit zusammen. Beide haben dieselbe Schrittlänge, denselben Takt. Nichts holpert, wenn du schreibst, weil beim Schreiben die Langsamkeit erlaubt ist und sie ist unsichtbar für fremde Augen, wie auch das Zurückgehen, das Suchen nach der Sprache, deiner eigenen Sprache, und dann das Nocheinmalsagen, Nocheinmalbessersagen im Verborgenen bleibt, du schreibst in einem intimen Raum und befindest dich allein darin, nur so, als Solitär im Versteck, kannst du die Wörter zum Rollen bringen und niemand wird dich fragen, wie viele Versuche du unternommen hast und wie viele Irrwege du gegangen bist, um deine Wörter in die Bahn eines Satzes oder mehrerer Sätze zu lenken, genau das nämlich, dass das Werden deiner Äußerung ans Licht käme, wäre dir aufgrund deiner Zögerlichkeit unendlich peinlich, deshalb redest du nicht gern, das Reden ist etwas Durchsichtiges, sein Entstehen zwangsläufig der Öffentlichkeit ausgesetzt, immer gibt es mindestens ein Augen- und Ohrenpaar, außerdem unterscheiden sich die Wörter für das Reden von jenen fürs Schreiben, die für das Redenwollen gesehen werden, sind bühnengeil, während jene, die dir beim Schreiben begegnen, zwar Augen haben, aber nicht gesehen werden wollen, zumindest nicht gleich, lieber noch ein bisschen hinter den Kulissen bleiben, flüstern sie dir zu, ihr Geheimnis wollen sie wahren, die Wörter für das Schreiben.

Tatsächlich, zunächst aber ohne Vorsatz, sprichst du immer weniger, immerhin antwortest du, wenn du gefragt wirst, doch deine Antworten werden einsilbiger. Du bist dir dieser Entwicklung nicht bewusst. Du merkst nur an den Reaktionen deiner Umgebung, dass sich etwas verändert hat. *Wir sparen schon*, grinst dich eines Tages die ältere deiner Schwestern an. *Auf was*, willst du wissen. *Auf die Operation*, sagt sie, *damit sie dir den Mund wieder aufschneiden, wenn er dir zugewachsen ist.* Ein paarmal nervt dich die Schwester noch mit ihrem *Wir-sparen-schon*-Köder, um die Frage aus dir herauszulocken, aber darauf fällst du nicht mehr herein, du grinst nur zurück und zeigst ihr den Vogel, zum Zeichen, dass du alles durchschaut hast.

Du wünschst dir, nicht zum ersten Mal, wieder die Zeit zurück, in der du noch nicht sprechen konntest und also nicht musstest. Denn kaum kann man etwas, muss man es auch schon müssen, du aber willst nicht sprechen müssen, nur weil du es kannst, daher die Rückwärtssehnsucht nach der verlorenen Zeit, in der Zeichen genügten. *Mit Schuhen hast du gesprochen,* erzählt dir die Mutter immer wieder mit wässrigen Augen und sie tut sich deshalb ausgiebig leid, weil die Schuhe, ihre eigenen Straßenschuhe, die du ihr nach einem einwöchigen Krankenhausaufenthalt vor die Nase gestellt hast, nur bedeuten konnten, dass du dir wünschst, sie soll wieder gehen, soll verduften, so schnell hast du dich an die Großmutter, die Mutter der Mutter, als Muttterersatz gewöhnt gehabt. Immerhin sind die Schuhe sofort richtig interpretiert worden, die Schuhe, die du aus dem Vorzimmer geholt und der Mutter wortlos hingestellt hast. So und nicht anders, denkst du jetzt, sieht souveräne Kommunikation aus. Der erwachsene Mensch aber muss reden und labern, damit er sich seiner selbst sicher fühlt, und auch deine Geschwister gehören längst zu dieser durch ihr eigenes Faseln sich ihrer selbst vergewissernden Meute.

DREI

An einem Nachmittag, du sitzt gerade allein vor dem Fernseher, kommt die ältere der beiden Schwestern von duweißtnichtwo nach Hause, setzt sich, ohne ihre Schuhe auszuziehen, neben dich auf die Couch und begrüßt dich mit konspirativ gedämpfter Stimme: *Hallo, Tante …* Hinter der *Tante* singt sie deinen Vornamen und blickt dir erwartungsvoll ins Gesicht. Du siehst sie nur fragend an, und grinsend, weil du diesen lächerlichen Gruß für einen weiteren Versuch hältst, dich aus deinem Schweigen zu zerren. Also presst du die Lippen zusammen. Sie wiederholt: *Ja, Tante …* Und deinen Vornamen. Bald wirst du Tante sein, wispert die Schwester. Ihre Stimme ist weich wie in der Fernsehwerbung, wenn von verführerischer Schokolade die Rede ist. Ein Singsang. Hinter der seltsamen Heiterkeit, spürst du, sitzt aber etwas beunruhigend Ernstes. Das Wort *Tante* und deinen Vornamen zusammen zu hören ist wie zwei Magnete zusammenzustecken, die einander abstoßen. Kathi zum Beispiel passt zum Wort Tante, oder Grete, nicht aber dein Vorname. Die Schwester legt den Finger auf ihre Lippen und schärft dir ein, niemandem zu verraten, dass sie ein Kind bekommen wird. *Geheimnis*, raunt sie und du, du bist ab jetzt eine *Geheimnisträgerin*, so die Schwester, ein paarmal nennt sie dich so: *Geheimnisträgerin*. Ihr müsst beide lachen und du siehst ihr an, dass sie dasselbe denkt wie du: Eine, die nicht spricht, kann auch nichts weitersagen. Bestimmt hat sie deshalb dich als Mitwisserin, wenn nicht Komplizin, ausgewählt, sagst du dir. Mit einem Schlag bist du also nicht nur werdende Tante, sondern auch Geheimnisträgerin geworden, und diese beiden Titel, die wie der Blitz in dein Leben gefahren sind und dich ganz unerwartet in den Rang einer mit allen erwachsenen Wassern gewaschenen Vertrauensperson deiner zehn Jahre älteren Schwester gehoben haben, verleihen diesem etwas zähflüssigen Fernsehnachmittag doch noch ein wenig Würze.

Mit verstohlenen Blicken nach hinten, zur Küchentür, hinter der die Mutter gerade den Mixer aufgedreht hat, nimmt deine Schwester ihre Umhängetasche von der Schulter und lässt dich hineinspähen. Es ist nicht viel Licht in der Tasche, aber du erkennst ein zerlegtes Babyfläschchen, eine kleine Cremedose, eine Bürste und noch ein paar andere interessante Dinge. Die Schwester nimmt das Fläschchen heraus und setzt es zusammen, wobei sie unablässig spricht, doch als die Küchentür aufgeht, lässt sie alles schnell wieder in ihre Tasche gleiten und eilt, an der Mutter vorbei, in das Mädchenzimmer, nicht ohne dir vorher noch einmal ein leises, aber nachdrückliches *Pscht!* zuzuzischen. Du antwortest ihr, indem du deine Nase lang ziehst, mit den Fingern in der Luft, ist doch Ehrensache, dass du schweigen würdest und zur Not auch lügen für sie, aber das hat die Schwester nicht mitbekommen, so schnell ist sie verduftet. Was der Fuchs und der räudige Straßenkater vorhin zu Pinocchio gesagt haben, hast du jetzt natürlich versäumt und da ist auch schon das Schlusslied, das dich jedes Mal schwermütig stimmt (*Die Welt ist groß und du bist klein*, im Abspann zwar ohne die Singstimme, aber du hörst sie trotzdem automatisch mit), also hüpfst du schnell auf und drückst auf ein anderes Programm. Deine Mutter sagt etwas von Balkontür aufmachen, doch du hörst es nicht, weil dich etwas anderes beschäftigt. Du grübelst über das Kind deiner Schwester nach, du fragst dich, ob Kind der richtige Begriff für etwas ist, das die Größe einer Walnuss hat und außerdem unsichtbar ist, versteckt zumindest in einer Schwester, die aussieht, wie sie immer ausgesehen hat, mit demselben schlanken Bauch wie vorher. Das mit dem Kind, kommt dir vor, ist wie mit deiner Schildkröte, wenn sie in ihrem Panzer verschwindet: Beide sind da und nicht da, eine Existenzform, in der An- und Abwesenheit zusammenfallen, das fühlst du mehr als du es denkst, und dass sich das eine plötzlich mit dem anderen, das Kind mit der Schildkröte, dass sich diese beiden Dinge, die nichts miteinander zu tun haben, noch nicht jedenfalls, auf so mysteriöse Weise miteinander verbinden, versetzt dich in eine heitere Stimmung. Kurz denkst du daran, bei deiner Mutter nachzufragen, was sie gerade von dir wollte, aber du tust es nicht. Du hast dir vorgenommen, und zwar seit sie dir dein Schweigen wegnehmen wollen, hast du dir vorgenommen, in diesem Sommer nichts mehr zu sprechen, bis er endlich explodiert, dieser Sommer, wie eine Silvesterrakete, in allen Farben. Oder du, du zerplatzt, weil die Wörter in deinem Bauch zu viele geworden sind. Es ist ein Spiel. Und die Mutter ist sowieso schon im Klo verschwunden.

Wenn du nachdenkst, ärgert es dich, dass die Leute in den Büchern und Filmen nie aufs Klo gehen. Und nie müssen sie sich die Nase putzen oder patzen sich beim Essen an, all diese kleinen Dinge, die man an einem ganzen langen Tag so macht, und warum sollen die weniger wichtig sein als die großen. In *Flipper* passiert doch jedes einzelne Mal etwas Außergewöhnliches, auf Schritt und Tritt tauchen da zwielichtige Gestalten auf, die sich dann als Verbrecher entpuppen und Gewehre im Meer verstecken und solche Sachen. Neben so einer, wenn auch künstlichen, Perlenkette an Abenteuern müssen deine Sommertage ja aussehen wie ein leerer weißer Zwirnsfaden, genau wie der, den du gerade, weil er aus der Naht herausgestanden ist, aus deinem nagelneuen T-Shirt ziehst und der daraufhin länger und länger wird, bis der untere Saum ganz aufgetrennt ist, deine Mutter wird das nicht begeistern.

Der aufgetrennte Saum, den du mit Erfolg zu verbergen gewusst hast, verliert sehr schnell an Bedeutung, als am nächsten Vormittag, du bist mit der Mutter allein zu Hause, ein Mann an der Tür läutet, ein Versicherungsbeamter, der mit deiner Mutter sprechen will, weil deine Schwester schwanger ist. *Meine Tochter ist nicht schwanger,* sagt deine Mutter ein-, zweimal erstaunt, dann sagt sie es nicht mehr. Der Mann hält deiner Mutter ein paar Zettel unter die Nase, die deine Mutter, weil sie so schlecht sieht und plötzlich so aufgeregt ist, nur kurz anstarrt. Nachdem sie die Tür wieder zugemacht hat, fragt sie dich, immer noch so erstaunt, ob du gewusst hast, dass deine Schwester schwanger ist, und endlich, endlich kannst du nun in die glanzvolle Rolle der *Geheimnisträgerin* schlüpfen, fast hattest du schon gedacht, du hättest nichts davon, aber nein, endlich kannst du feierlich leugnen, indem du deine Lippen zusammenpresst, deinen treuherzigsten Blick aufsetzt und in Zeitlupe den Kopf schüttelst.

Später kommt die ältere Schwester nach Hause und kaum ist sie bei der Tür herein, konfrontiert sie deine Mutter mit den Neuigkeiten vom Versicherungsbeamten. Sie schimpft nicht, weil deine Schwester schwanger ist, was sie aufbringt ist, dass deine Schwester ihr nichts von der Schwangerschaft gesagt hat. *Ich steh da wie die Kuh vorm offenen Tor!,* ruft die Mutter ganz aufgelöst. Ein paarmal noch deklamiert sie den Satz *Ich steh da wie die Kuh vorm offenen Tor!* und diese Metapher beschäftigt dich für eine Weile, während die Mutter und die Schwester hin und her reden und die Schwester zwischendurch zu schluchzen beginnt, die jüngere deiner beiden älteren Schwestern dazukommt und wissen will, was los ist, sie ist eindeutig keine *Geheimnisträgerin* im Gegensatz zu dir, die du nun zu den Wörtern augenblicklich auch die Bilder in größter Lebendigkeit vor dir siehst, so siehst du nun also eine Kuh und ein offenes Gattertor und ein unsichtbares zusammengerolltes Baby unter einer Bauchdecke. Für immer werden in deinem Kopf diese drei Dinge zusammengehören, die Kuh, das Tor und das Baby.

So schleierhaft dir der Zusammenhang zwischen Kuh, Tor und dem Kind deiner Schwester auch ist, so sehr bewunderst du deine Mutter für die sprachlich elegante Wendung, die sie in einem Augenblick höchster Dramatik aus dem Ärmel geschüttelt hat. Andererseits, findest du, freilich ohne deinen Gedankenteig in die Kuchenformen von Wörtern pressen zu können, andererseits steht die rustikale mütterliche Metapher in einem gewissen Widerspruch zu eurer nüchternen Linzer Stadtrandwohngegend. Und doch kannst du es nicht lassen, dir die Kuh in eurem Vorzimmer vorzustellen, dir zu überlegen, ob sich das platzmäßig ausgehen würde, wenn man alle Schuhe wegräumte. So stellt sich unweigerlich deine dich quälende Landsehnsucht wieder ein, weil der Muttersatz in deiner Landsehnsuchtswunde bohrt. Die Unmöglichkeit einer Kuh in eurem Vorzimmer, sie ist Ärgernis und Anreiz in einem, wenn du auch nicht sagen könntest, wozu sie dich reizt.

Aber das Unmögliche kommt doch zu dir. Irgendwann geht wieder die Türglocke, jemand läutet Sturm, die schrille Klingel reißt euch vom Mittagstisch hoch. Zum Glück ist der Vater noch beim Suppeschlürfen, denn läge er schon im Wohnzimmerfernsehsessel in seinem mittäglichen Kurzschlaf, wäre jetzt Feuer am Dach. Durchs Sprechgerät kracht eine weinerliche Stimme, du verstehst kein Wort, der ältere Bruder hüpft in seine Schuhe und stürmt aus der Wohnung, die anderen nennen den Namen einer deiner Cousinen, jener Cousine, die immer lacht, auch ihre Augen lachen immer, darum magst du sie gern, und dass sie mit einem verletzten Pferd unten steht, das sagen die anderen. Und plötzlich stehst du vor einem Pferd, das seinerseits vor dem Eingang eures Hochhauses steht, geduldig und schnaubend, mitten am Glöcknerweg, ein Pferd, ein Pferd aus Fleisch und Blut mit schwitzendem hellbraunem Fell, du spürst es, wenn du deine Hand darauflegst, so wie es nun all die anderen Kinder tun, die aus dem Nachbarblock herbeigelaufen sind, und du riechst den Pferdegeruch, mit dem es irgendwie seltsam ist: gut ist er nicht, aber du liebst ihn sofort. Streng und würzig, so riecht das also. Nicht hinter dem Pferd stehen, sonst schlägt es noch aus, sagt jemand, und für einen Moment taumelst du in einer Art Unwirklichkeitsglück. Was dich umgibt, kommt dir vor wie eine dieser Collagen, die ihr in der Schule im Zeichenunterricht gemacht habt, jetzt bist du selbst ein Teil davon. Jemand hat ein Pferd ausgeschnitten und auf den Glöcknerweg in Linz-Kleinmünchen geklebt. Das Haus, der Asphalt, die Wäschespinnen, die Mistkübel, die Fahrräder, ihr Kinder, der Bruder, die Cousine, die Wasserschüssel und das zerschnittene Leintuch, mit dem die Großen jetzt das blutende Pferdebein umwickeln, all das bildet den Hintergrund, auf dem das ausgeschnittene Pferd zum Leben erwacht ist. Jetzt ist es wirklich geworden und gehört also auch zu deiner Welt. Alles ist zu einem Einzigen zusammengeschmolzen. Und als das Pferd wieder weg ist, die Cousine mit dem Pferd zurück in den Reitstall an den äußersten Rändern der Stadt, da ist dir, als wäre ein Geist da gewesen.

Der ältere deiner beiden Brüder, wie er dich hochhebt. Dreht dich, spielt Karussell. Du jauchzend vor Vergnügen, fliegst mit den Füßen in der Luft, knapp über dem Boden, deine Zehenspitzen als

Zirkelmine, den äußersten Kreis beschreibend. Und wie er dabei mit seiner Musik mitsingt:

DOU BRING MI DA-AUN! RRRUSS!

DOU BRING MI DAU-AU-AUN! RRRUSS!

Als du klein warst, hat er dich auf seine Schultern gesetzt und war ein wackelnder, wankender Turm, du hast dich festgeklammert an seinem Kopf, seinen Schultern, und immer gedacht, *Jetzt fall ich, Hilfe, ich falle*, und geschrien, gekreischt, mit dem Prickeln der Gefahr im Bauch, auch gejammert, gebettelt manchmal, er soll aufhören, was dir gar nichts genützt hat, weil dann der Bruder ein noch stärker wankender Turm im Sturm geworden ist. Das Sturmturmspiel steht klar in der Wirklichkeit, ist nicht zu bezweifeln, das gibt oder gab es. Doch dieses eine Mal, als dich der Bruder zum Spaß kopfüber beim Balkon hat hinunterhängen lassen, dich nur an deinen Fesseln haltend, wie ein Schlächter das Huhn, und unten im Hof, die Mutter deiner Freundin V., wie sie hinaufgeschaut hat zu dir, dem in der Höhe baumelnden Schreihals, mit heiterer Miene, als handelte es sich um eine harmlose, kleine Neckerei und nicht um ein Pendeln über tödlichem Abgrund, wo gehört das hin? Ist das noch dies- oder schon jenseits der Wirklichkeitsgrenze? Erlebt oder eingebildet? Geträumt?

Immer, wenn das Telefon klingelt, hast du Angst, es ist jemand, der seine Schildkröte zurückhaben will, aber es ruft niemand an wegen der Schildkröte. Der Freund der älteren deiner Schwestern und werdende Kindsvater ruft an, ein paarmal am Tag. Die ältere deiner beiden Schwestern hat jetzt oft weinrote Augen, rot vom Weinen, und die Mutter sagt noch öfter *Ding* als früher: *Wer hat denn Dingtür nicht gescheit zugemacht, da verdirbt doch alles! Sag dem Ding, er soll Dingschokolade und Streusel mitbringen, für den Kuchen! Ist nicht grad Meister Eder und sein Ding im Fernsehen? Verflixt und Ding!*

Die jüngere deiner beiden älteren Schwestern und du, ihr habt euch schon oft einen Spaß daraus gemacht, euch Sätze mit möglichst vielen *Ding* darin auszudenken, auch Verben dürfen damit ersetzt werden plus Endung dran und so weiter: *Dingen wir die Dings auf die Ding, bis es dingt,* und so weiter. Und wenn es *grüßteicht,* der Vater nach Hause kommt, verbeugt ihr euch höflich und grüßt einander, deine Schwester und du, aber *grüßt euch* ist noch mal was anderes als *grüßt einander*, sagt die Schwester, *einander*, da braucht man zwei Leute, bei *euch* nicht, da muss man sich selber grüßen, weshalb ihr euch neuerdings selbst die Hände schüttelt, mit der linken die rechte oder umgekehrt und *grüßdich grüßdich* kichert. Manchmal fürchtest du, es ist eine Krankheit, dass du dich nicht auf das konzentrieren kannst, *was* jemand sagt, weil du nur darauf achtest, *wie* er es sagt, wie er die Wörter ausspricht oder welche er wählt, ob es Dialekt ist und welcher, auf den Ton horchst du, die Melodie, auf die Stimme, ob sie hoch ist oder tief, ob sie dir gefällt oder nicht, ob jemand heiser ist, ob er brummt oder eher kräht beim Reden und welches Tier er dann sein könnte, ob er langsam oder schnell spricht, laut oder leise und so weiter, du lässt dich von all dem ablenken, so stark, dass du nicht mehr denken kannst, und deine Augen, die machen gemeinsame Sache mit den Ohren, denn was du siehst, während eine Person spricht, zieht den anderen Teil deiner Aufmerksamkeit auf sich und blockiert dein Hirn derart, dass du, anstatt den Inhalt der Rede zu erfassen, damit beschäftigt bist, aus Gesichtsausdruck, Gestik und den anatomischen Eigenheiten deines Gegenübers eine Botschaft herauszulesen, die mitunter wenig mit der verbal übermittelten zu tun hat. So ist es dir auch ergangen, als du zu Beginn des vergangenen Schuljahres, dem ersten Schuljahr deines Lebens, in einer der ersten Schulpausen deines Lebens, das Bedürfnis hattest, die Toilette aufzusuchen, aber nicht wusstest, hinter welcher der vielen Gangtüren sich jene befand, die für Mädchen bestimmt war. Schüchternes Kind, das du bist, konntest du dich erst nach längerem inneren Ringen, erst als der Druck in der Blasengegend unerträglich geworden war, dazu entschließen, die Frau Direktor, die an diesem Tag Gangaufsicht hatte, nach dem Weg zu fragen. Die Frau Direktor hat allerdings Gras in ihrem Gesicht wachsen, ja, knapp unter dem einen Auge hat sie eine Art Keimling, zwei kleine grüne, dicke Hälmchen, die sich auseinanderbiegen, herauswachsen, und während sie dir erklärte, welche der Türen die richtige für dich ist, hast du nur starren können, immer nur das Grüne im Gesicht anstarren können und das, was die Frau Direktor sprach, war wie eine Hintergrundmusik. Natürlich bist du dann in das falsche Klo gegangen. Du sahst viele Buben in einem Halbkreis stehen und hinter ihnen, an der Wand, hingen eigenartige Schüsseln, wie du sie noch nie im Leben gesehen hast. In diese Schüsseln machen die Buben hinein. Einer von ihnen hat dich entdeckt. *Ein Mädl!,* schrie er und es klang wie ein Kampfruf. Alle Köpfe drehten sich dir zu, die du ausgerechnet an diesem Tag einen Rock anhaben musstest, wo du doch Röcke und Kleider so hasst wie du alles Mädchenzeug hasst, du wolltest immer ein Bub sein und du siehst auch aus wie einer, mit deinen kurz geschnittenen Haaren, wenn nur der verdammte Rock nicht wäre, aber Zeit zum Nachdenken hattest du jetzt nicht, du stürztest hinaus durch die Tür, durch die du gekommen bist, wo dich schon die Frau Direktor erwartete, amüsiert lächelnd, sodass sich das Gras in ihrem Gesicht dort, wo sich die Lachfalten bilden, ein wenig mehr nach unten neigte, und sie öffnete für das erschrockene Bubenmädchen die Tür neben der Bubenklotür und lässt es eintreten.

Da du nicht mehr sprichst, ist die Grüßorgie der jüngeren deiner Schwestern und dir heute dezenter ausgefallen als üblich und das ist gut so, denn dass der Vater nicht allerbester Laune sein dürfte, habt ihr schon an der düsteren Färbung seines *Grüßteichs* erkannt. Wieder einmal ist ein Kunde mit einem *Klumpertrad* aus dem Supermarkt gekommen und wollte es repariert haben, noch dazu sofort, schimpft der Vater, und dass es wegen solchen Leuten ist, dass er jetzt bald auch am Samstag bis sechs Uhr am Abend im Geschäft wird bleiben müssen. Wie er ihm sein Klumpert zurückgeschmissen hat, davon handelt des Vaters zorniger Blick zurück auf den Tag, aber nicht nur davon. Nach dem uneinsichtigen Kunden mit dem *Klumpertrad* ist eine ältere Dame aufgetaucht, erzählt der Vater, eine ältere Dame mit großem Federhut und einem langen dunkelblauen Kleid oder eher Umhang, einem für so einen heißen Sommertag unpassenden Gewand jedenfalls, und hat ein neues Steyr Waffenrad um zweitausendsiebenhundert Schilling gekauft. Und ein Kettenschloss. Das Geld hat diese Frau, die mit dem Vater nur das Allernötigste gesprochen hat, in einer langen Reihe von Zehn-Schilling-Türmen auf das Verkaufspult gestapelt, viele Türme waren das, dann ist sie mit dem neuen Waffenrad davongefahren. Kurz vor Geschäftsschluss ist die Polizei dagestanden und hat den Vater zu der älteren Dame befragt. Man hat sie aus der Donau gefischt, tot. Das Fahrrad stand an der Lände und war ordentlich abgesperrt. Warum oder wie oder was, so der Vater, das weiß niemand, die Polizei nicht und er schon gar nicht. Aber seine gesamte Zeit haben sie ihm geraubt, die Tote und die Polizei, wo er doch die Werkstatt voller Reparaturen hat, so der Vater.

Viele Fragen stehen jetzt in deinem Kopf Schlange, aber gerade noch rechtzeitig fällt dir ein, dass du nicht mehr sprichst. Egal, die jüngere Schwester übernimmt das Fragen für dich: *War es Selbstmord? Aber warum hat sie vorher ein Fahrrad gekauft? Wie hat sie ausgesehen? War sie reich oder arm? Vielleicht eine Bankräuberin, wegen der vielen Zehner! Und dann hat sie es bereut und sich umgebracht. Was haben die Polizisten gesagt? Sag alles, woran du dich erinnerst. Sag alles!*

Du aber fragst nichts, du hast dir vorgenommen, in diesem Sommer nicht mehr zu sprechen, und darum schweigst du, auch wenn du vor Neugierde beinahe platzt.

Der Vater beteuert zwischen zwei Zigarettenzügen, nicht mehr zu wissen als das, was er uns bereits erzählt hat, und verscheucht alle weiteren Fragen deiner Schwester mit einer Handbewegung, als wären es lästige Fliegen. Jetzt kommen die Fußballergebnisse und sein genervtes *Pssssscht!* markiert das absolute Ende jeder wie auch immer gearteten Kommunikation vor dem Fernsehgerät. Aus alter Gewohnheit hat er ein zweites Bier und ein Glas auf den Couchtisch gestellt, für den Nachbarn, der normalerweise um diese Zeit vorbeikommt, um mit dem Vater den Totoschein für die nächste Woche auszufüllen und in kumpelhafter Tippgemeinschaftseinigkeit festzustellen, dass die vorige Woche keinen wenn auch noch so kleinen Erfolg gezeitigt hat, was die beiden stets mit einer dir verdächtigen Langmut hinnehmen, so als wäre die ganze Fußballfachsimpelei und das Totogetue nur ein Vorwand für etwas anderes, ein darunterliegendes ominöses Unternehmen, allein der Nachbar wird nicht kommen, kann er gar nicht, ist doch auf Urlaub, genau wie deine Freunde immer noch auf Urlaub sind, bei der Oma, auf Sardinien, im Pfadfinderlager oder am Wolfgangsee. Nur ihr, ihr seid immer noch hier, ihr sitzt auf den Betten, deine Schwester und du, und seht im Fenster den Sommer ausrinnen und den Himmel hinter dem Ahorn in Grün und Orange verblühen. Der dicke Baum, würdest du gern sagen, könnte auch in Afrika stehen, aber du sagst es nicht, du hörst nur dem Schimpfen deiner Schwester zu. Als ihr das Fenster öffnet, um das Zirpen der Dämmerung hereinzulassen, kommt deine Schwester auf die Idee, dich zum Sprechen oder wenigstens zum Schreien zu bringen, indem sie dich kitzelt, und als ihr Tun, das sich eher wie ein Kratzen und Boxen als ein Kitzeln anfühlt, nicht zum gewünschten Ziel führt, denn alles, was sie dir entlockt, ist ein unterdrücktes Grunzen, droht sie, die fünf Jahre Ältere, sich mit all ihrem Übergewicht auf dich zu werfen und dich zu zerquetschen, eine Technik, die sie sonst nur anwendet, wenn sie sich mit dir alleine in der Wohnung wähnt, und umgehend macht sie sich also ans Werk, du aber entwindest dich, kannst dich irgendwie ihrer Körpermasse entledigen und rettest dich hinaus zur Mutter, bei der du nicht reden musst, es genügt, ein verzweifelt-gekränktes Gesicht aufzusetzen, um sich ihres Schutzes sicher zu sein, du bist eben die Jüngste und deshalb die Ärmste, das bist du und wirst es in ihren Augen immer bleiben.

Der Unterschied zwischen *Flipper* und deinem Leben, denkst du, ist der, dass ein Ereignis wie das Auftauchen der Waffenradfrau in einer *Flipper*-Folge den Anfang einer längeren Kette weiterer höchst spannender Begebenheiten mit Höhepunkt und Happy End markieren würde, in eurem Leben hingegen Anfang und Ende zusammenfallen, das heißt ein und dasselbe sind, und wenn du nicht aufpasst, verpasst du sogar, dass etwas passiert ist, so schnell ist es vorbei, so starr steckt der Mond im Dunkel, so langsam streicht eine Wolke um sein spitzes Kinn herum, so nahezu unbeweglich ist das Bild im Mädchenzimmerfenster. Todmüde bist du, aber die ältere deiner Schwestern braucht das Licht noch angedreht, muss noch Blockflöte üben, und wie du sie so mit dem Flötenschnabel am Mund dasitzen siehst, fällt dir wieder ein, was sie über deinen Mund gesagt hat, dass er zusammenwachsen würde, solltest du weiterhin nicht sprechen wollen, weshalb du dir angewöhnt hast, mit deiner Zunge lange und sorgfältig über deine Lippen zu fahren, weil Lippen, zwischen denen sich eine Zunge befindet, nicht zusammenwachsen können, sagst du dir vor, schon gar nicht, wenn sie nass sind, und so tust du es auch jetzt, wo du daliegst und gezwungenermaßen dem Flötenspiel deiner Schwester zuhörst, die sich manchmal ins Schrille hinein verspielt, du fragst dich, ob das mit dem Mund wirklich stimmen kann und dass schon eine einzige Nacht eine lange Zeitspanne ist, in der du deinen Mund nicht aufmachst und also deine Lippen geschlossen aufeinander liegen und zusammenwachsen könnten, und diese Frage führt dich zu jener, ob du tatsächlich manchmal, wenn du schläfst, zu atmen vergisst oder du nur träumst, dass du zu atmen vergessen hast und deshalb immer wieder, nach Luft ringend und mit wild hämmerndem Herzen, aus dem Schlaf fährst, diese Frage reißt dich nun ihrerseits aus deiner Müdigkeit, weil sie dir Angst macht, eine Angst ist das, die die anderen nicht verstehen würden, weil das, was dir Angst einflößt, unsichtbar ist und bleiben muss, deine eigenen Gedanken als Angsteinflößer und du, die sich von ihnen jeden Bären aufbinden lässt, weil sie für dich ebenso real sind wie Einbrecher im Schrank und Drachenwürmer in der Luft, du versuchst jetzt, sie mit anderen Gedanken zu vertreiben, doch wie das so ist mit der Angst, wenn sie einmal angeklopft hat, steht auch schon die nächste vor der Tür und so schleicht sich, sobald die Schwester ihr Flötenspiel beendet hat und eilig ihr Instrument putzt und zerlegt, von irgendwoher diese alte Melodie in deinen Kopf hinein, die traurigste und vernichtendste aller Melodien, begleitet von noch traurigeren und vernichtenderen Worten, dem Text des dir jahrelang von der Mutter abends vorgesungenen Schlaflieds *Guten Abend, gut' Nacht,* in dem es unter anderem heißt: *Morgen Früh, wenn Gott will, wirst du wieder geweckt.*

Und was, wenn er nicht will? Seit du denken kannst, hat dir diese Frage den Schlaf geraubt, sobald die Mutter die ersten Töne des grausamen Liedes, Todeslieds, angestimmt hat und es ist und war, von frühester Zeit an, nichts anderes als eine Todesangst gewesen, die dich beim Hören dieses Liedes gepackt und vom Schlaf brutal weggerissen hat, anstatt dich sanft in ihn hineinzuführen, wie du dich genau erinnern kannst, und du kannst dank eines Umzugs in deinen ersten Lebensjahren die allerfrüheste Erinnerung an das Vorgesungenbekommen des Todeslieds durch die Mutter biografisch genau einordnen, höchstens drei Jahre kannst du gewesen sein, geweint hast du, in den Mutterarmen, die dich in den Schlaf wiegen wollten, aber nicht vermochten, weil diese traurigste aller Melodien das weinende Kind in eine namenlose Trostlosigkeit tauchten wie in schwarzes Wasser, und je mehr das Kind weinte, desto inbrünstiger sang die Mutter, was das Kind seinerseits noch mehr weinen und schließlich schreien und kreischen und nach Luft japsen ließ und so weiter im Teufelskreis, erst Jahre später, nachdem der Liedtext mit seiner für dich unmissverständlichen Bedeutung den Weg in dein Bewusstsein gefunden und dort seine Verwüstungen angerichtet hat, denn neben dem lebensbedrohlichen Nebensatz *wenn Gott will* – und wer war eigentlich der, der darüber bestimmen sollte, ob du wieder aufwachst oder nicht – haben dich immer auch die *Rosen* und *Näglein* in der ersten Strophe auf das Schlimmste gequält, da sie in deiner kindlichen Fantasie das Schreckensbild eines feierlich geschmückten Sarges erstehen ließen, für den man, bevor der Deckel draufkommen sollte, die Nägel schon bereitgelegt hat, später also, als du gut genug sprechen konntest, hast du deine Mutter davon überzeugen können, das Lied nicht mehr zu singen.

Für die Tupperparty bei der Nachbarin aus dem fünften Stock zieht die Mutter ein anderes Kleid an, reißt sich schusslig die Lockenwickler aus den Haaren und föhnt sich, zuletzt ein wenig braunroter Lippenstift, dann könnt ihr los. Der Bub, der hinter der Nachbarinnentür wohnt, D. heißt er, gehört zu deinen Feinden, du kannst ihn nicht ausstehen, ein feiger Anpässling ist er, der sich wie ein Putzerfisch an die Haie im Hof hält, an die Stärksten und Lautesten unter den Kindern, denen er immer recht gibt. In Socken über Sand und Erde zu laufen, wenn es die Dringlichkeit des Spiels verlangt, das allerdings bringt er nicht fertig, von klein an haben ihm seine Eltern des Kleinbürgers liebstes Statussymbol, die ostentative Reinlichkeit, eingehämmert, ebenso wie er zu reagieren hat, sollte ihm jemand ein paar Schillinge für ein Eis oder die Sparbüchse zustecken wollen, nämlich mit dem Satz *Nein danke, Geld haben wir selbst genug.* Als du mit deiner Mutter die Nachbarinnenwohnung betrittst, weißt du nicht so genau, warum du ihn nicht ausstehen kannst, du weißt nur, dass es so ist, und dennoch ist diese Tupperparty, wie sich schon bald herausstellt, die Gelegenheit, bei der ihr, dein Feind und du, euren gemeinsamen Sinn für Sabotage entdecken werdet, indem ihr, hinter der Couch kauernd, jedem Satz der sich selbst so nennenden Tupperwareberaterin ein Echo nachschickt, *ist auch zum Einfrieren ganz praktisch – zum Einfrieren ganz praktisch,* nicht ohne die zuckersüße Freundlichkeit der Tupperwareberaterin, die, wie eure Kinderantennen vom ersten Augenblick an erspürt haben, so künstlich ist wie das Plastik, das sie aus ihren Taschen zieht, nicht ohne diese künstliche oder übertriebene Freundlichkeit in euren Echos, freilich vom Nachäffen verzerrt und in piepsende Tonhöhen getrieben, zum Ausdruck zu bringen, bis euch die Gastgeberin aus eurem Versteck scheucht und in den Kreis der zuhörenden Frauen setzen heißt. Von diesem Zeitpunkt an bist du ganz im Bann der unangreifbaren Tupperwareberaterinnenrhetorik, denn schon nach wenigen Worten der Tupperwareberaterin spürst du im ganzen Körper den brennenden Wunsch, diesen maisgelben Frischhaltebehälter mit den Sonnenstrahlen auf dem Deckel zu besitzen, mindestens ihn zu berühren. Die Art und Weise, wie die Tupperwareberaterin vorzeigt, dass sich der Deckel *praktisch*, so ihr Lieblingswort, von selbst schließt, wenn man mit dem Zeigefinger auf die Deckelmitte drückt, ohne sich dabei von ihren langen, knallrot lackierten Fingernägeln behindern zu lassen, und wie sie ihre Gesten mit wohlgesetzten Wendungen im ortsüblichen Dialekt unterstreicht, ohne dabei, anders als du, jemals zu stottern, zu zögern oder in ihrem Wortschatz nach diesem oder jenem Ausdruck kramen zu müssen, der Wohlgeruch des frisch gekochten Kaffees in der perfekt aufgeräumten Nachbarinnenwohnung und die interessierten Mienen der auf der Couch sitzenden, Kaffee nippenden und von Zeit zu Zeit heftig zur Vorführung nickenden Frauen der Nachbarschaft, all das zusammen trägt für dich plötzlich den Charme des Wunderbaren, der dich allerdings nur so lange im Griff hat, solange dein Blick nicht jenen deines Sabotagegefährten kreuzt, der der Tupperwareberaterin und ihren einlullenden Versprechungen seine weit ausgestreckte Zunge entgegenhält und dir mit feurigen Seitenblicken bedeutet, dasselbe zu tun, du aber sitzt wie zur Statue erstarrt auf der Couch neben deiner Mutter, der Zauber der Tupperwareberaterinneneloquenz, der eben noch seine unheimliche Macht über dich ausgeübt hat, ist mit einem Schlag zerbröselt und nun schämst du dich dafür, dich beinahe von etwas verführt haben zu lassen, das kurz zuvor noch Objekt eures gemeinsamen Spottes gewesen ist und diese Scham, die Scham des Blickes auf dich selbst als eine Fremde, als eine, die, wenn auch nur für wenige Augenblicke, auf die falsche Seite, die Seite der falschen Freundlichkeit und des Plastiklächelns gedriftet ist, wo sie doch dieselbe falsche Freundlichkeit und dasselbe Plastiklächeln kurz zuvor noch aus tiefstem Herzen verabscheut hat, diese Scham ist es, die dich wie versteinert neben deiner Mutter auf der Couch ausharren lässt, während D. wegen der rausgestreckten Zunge von seiner Mutter ins Kinderzimmer abgeführt wird, wo er den Rest der Tupperparty zu verbringen hat, während du, die du ihm nur zu gern folgen würdest, weniger aus Solidarität denn aus Neugierde auf sein neues Matador-Feuerwehrauto, mit dem er zu Schulschluss im Hof angegeben hat, die Zeit bis zum Ende der Vorführung auf der Couch zubringen wirst, enttäuscht am Ende, dass deine Mutter auf dem Bestellschein nicht den Sonnenstrahldeckelbehälter (die *Dosnen* sind ihr zu teuer), sondern ein Set mit Salz-und-Pfefferstreuer ankreuzt, derer du dich künftig nur mit Widerwillen bedienen wirst, sie sind nämlich nicht nur mit Salz und Pfeffer befüllt, sondern auf immer und ewig auch mit deiner persönlichen Schmach, dich vom Tupperwareberaterinnenverkaufsgerede einwickeln haben zu lassen, noch Monate nach der Tupperparty im fünften Stock wird dir der Nachbarsbub D. deine Feigheit vorhalten, der Tupperwareberaterin nicht auch die Zunge gezeigt zu haben, *Du bist nur dagesessen, hast Keks gefressen und geglotzt*, wird er sagen, und so werdet ihr wieder Feinde sein. Anders als dein Feind bist du nie für deine Echos gerügt worden, die Tatsache, *dass* du wieder gesprochen hast, überstrahlt die mangelnde Qualität und den niedrigen Zweck deiner Wortmeldungen und scheint den Ärger der Mutter über dein schlechtes Benehmen vollständig ausgelöscht, wenn nicht im Keim erstickt zu haben. Eloquenz aber ist dir in der Folge verdächtig, wer seine Gedanken reibungslos und glatt wie Tupperware herausschießen kann, dem begegnest du mit Misstrauen, selbst wenn dieses Misstrauen oft genug unbegründet ist, du machst einen Bogen um dieses Sprudeln.

Der Freund der älteren deiner Schwestern und werdende Kindsvater ist gekommen, um bei euren Eltern vorstellig zu werden, mit seiner Kawasaki ist er gekommen und deshalb ganz in ein rot-schwarz-weißes Ledergewand gekleidet, einen Helm in der

Hand, ein Astronaut ist das, musst du denken, ein frisch gelandeter, um zwei Köpfe größer als der Vater ist er, siehst du, und um einen größer als deine Brüder, Tennistrainer für Kinder ist er auch und spielt Fußball in einem Verein wie der jüngere deiner beiden Brüder, weshalb die anfänglich ein wenig betretene Stimmung sehr schnell dadurch aufgelockert wird, dass sich der jüngere deiner beiden Brüder, der im Übrigen gleich zu einem Spiel losmuss, mit dem Gast unverzüglich über ihre jeweiligen Vereine und diverse Spieler in beiden austauscht, in einem Ton, als kennten sie einander schon seit Jahren, wobei der werdende Kindsvater und Freund der älteren deiner Schwestern seine Wortmeldungen so glatt herausschießt wie Tupperware und doch, das spürst du sofort, magst du ihn, weil diese Glätte seiner Sätze durch Humor aufgeraut wird, ja, der Tennistrainer, werdende Kindsvater und Freund der älteren deiner Schwestern, drückt sich nahezu ausschließlich in Witzen aus, nicht in auswendig gelernten, sondern in selbst gemachten, aus Verdrehungen oder Umkehrungen gemachten, alles, was er sagt, erheitert die familiäre Runde, vor allem den Vater, der in seinem Regal eine Menge Witzbücher stehen hat. Zum Abschluss klopft der Vater dem Freund der

Schwester, werdenden Kindsvater und Tennistrainer auf die Schulter und die ältere Schwester, die sich schon wieder ganz anders als sonst benimmt, so ernst und sanft als wäre sie aus Wachs, begleitet ihren Freund zu seiner Kawasaki hinunter. Lange, lange wartest du auf ihre Rückkehr, kannst nichts tun als hinausstarren auf deinen Fallschirmmann, der wieder zur Ruhe gekommen ist, an deinen Fingernägeln knabbern und dich von der Musik des älteren deiner Brüder umspülen lassen (EIL SENDEN ESS OH ESS TUDÄ WÖAH, EIL SENDEN ESS OH ESS TUDÄ WÖAH!), dabei würdest du am liebsten etwas aus dem Fenster schreien, auf dass dich irgendjemand höre. Oder wenigstens jemanden anrufen, einen Brief schreiben, eine wichtige Nachricht. Nur wen? Wem? Du öffnest das Fenster und räusperst dich, denn jetzt wirst du es tun, du wirst hinausbrüllen, was das Zeug hält, sodass es den Fallschirmmann wegen der von deinem Schrei ausgelösten Druckwelle vom Baum fetzt. Was aus deinem Rachen kommt, ist ein vom Zaumzeug des Zögerns erstickter Laut, wie man ihn etwa von sich gibt, wenn man barfuß auf einen spitzen Kieselstein gestiegen ist, davon aber nicht zu viel Aufhebens machen möchte. Diese kraftlose, dünne Kinderstimme, das kann doch nicht deine eigene gewesen sein, hast sie gehört, als würdest du jemand anderen hören. Dein Fallschirmfreund pendelt jetzt tatsächlich schüchtern hin und her, will dir bestimmt etwas sagen, hat vielleicht eine Sprache aus Bewegungen, wie die Bienen.

MÄSSÄTSCH IN-NÄ BOOO-TL!

Mit der Musik des älteren deiner Brüder ist es wie mit der Vatersprache: Weder stellst du sie infrage noch beurteilst du sie. Sie ist einfach da.

Ihr müsst noch in den Garten, gießen. Diesem zwischen zwei Supermärkten, einer Metallfabrik und einer kurzen Reihe von bieder-bescheidenen Einfamilienhäusern in zehn Minuten Gehdistanz von eurem Hochhaus gelegenen Schrebergarten, in dem ihr so wie andere Familien, die Väter größtenteils ungarische Freunde deines Vaters, eine Parzelle gemietet habt, bist du in diesem Sommer oft ferngeblieben, weil deine Geschwister kaum mehr dorthin mitkommen und weil er, der Garten, an Bullerbü nicht herankommt, wie dir immer wieder schmerzlich bewusst wird, bewusst werden muss, wenn du die Inventur deiner Lieblingsplätze machst, und die machst du seit diesem Sommer mit den *Bullerbü*-Büchern und ihren für dich als Stadtrandkind nichts anderes als paradiesischen

Schauplätzen inmitten idyllischster schwedischer Natur im Hinterkopf. Du raffst zusammen: die Bäume im Hof, der Bach, der Garten, das Schörgenhubbad, Ungarn … Denkst du aber an den besten Kletterbaum in eurem Hof, jenen vor eurem Balkon, fällt dir wie auf Knopfdruck die Linde zwischen dem Mittel- und dem Südhof in Bullerbü ein, die das Zimmer von Lasse und Bosse mit jenem von Ole verbindet und durch die die Bullerbü-Kinder klettern, wenn sie es eilig haben und nicht die Treppe nehmen wollen, so gut haben es die, du wünschst dir, dass die Äste eurer Spielplatzbäume näher wären, in euren Balkon hineinwachsen würden, so könntest du von dort aus in den Hof klettern, und dann denkst du auch an die Herzkirschenbäume in Bullerbü, die so viele ihrer köstlich schmeckenden Früchte, dir rinnt das Wasser im Munde zusammen, abwerfen, sodass Lisa, Lasse, Bosse und so weiter ganze Körbe damit füllen und sie an einer Straßenecke verkaufen und im Ofen für den Winter trocknen können, außerdem denkst du an die Tanne am Nocken, jenem See, aus dem die Bullerbü-Kinder mit ihren Vätern im August die Krebse holen und unter deren fast bis zum Boden herabhängenden Ästen Lisa, Britta und Inga übernachten dürfen und Lisa, vor dem Einschlafen in der Walddunkelheit, plötzlich nicht mehr weiß, ob sie traurig oder froh ist, ein Gefühl, das du zu kennen glaubst, an all das also denkst du und es ist genug, um dir deinen besten Kletterbaum im Hof gewöhnlich und langweilig erscheinen zu lassen.

Mit dem Bach ist es ähnlich, denkst du an den Mühlbach, der an eurem Hochhaus vorbeifließt, denkst du an den Nordhofsee hinter der Kuhweide, in dem die Bullerbü-Kinder im Sommer baden und auf dem sie im Winter eislaufen, der auf der einen Seite einen feinen Sandstrand hat und auf der anderen Felsen mit einer Höhle, in der sie es sich gemütlich machen, wenn es zu regnen anfängt. Im Mühlbach badet niemand und nie hast du einen Fisch darin schwimmen gesehen, er ist schlammig, riecht brackig und vorne, bei der Brücke, wo in einer länglichen Baracke vor der Tuchfabrik eine Familie mit vielen Kindern wohnt, die alle nur *die Jugoslawen* nennen, liegt immer ein Haufen Mist im Bachbett, weil die sogenannten *Jugoslawen* all ihren Haushaltsmüll dort hineinkippen, du selbst hast einmal, als du mit der älteren deiner beiden Schwestern bei den *Jugoslawen* auf Besuch warst, und außer euch geht niemand aus eurem Haus zu den *Jugoslawen* auf Besuch, sie sind das Letzte, der

Abschaum eures Viertels, wie dir die Kinder im Hof unmissverständlich klargemacht haben, du selbst hast gesehen, wie die *Jugoslawenmutter* den Inhalt ihres Mülleimers schwungvoll über die Brückenbrüstung in den Mühlbach geschüttet hat und ein paar leere Joghurtbecher mit der Strömung munter weggeschaukelt sind, bestimmt hat es auch damit zu tun, dass du bisher ernsthaft gedacht hast, euer Bach heiße *Müllbach* und so hast du ihn auch genannt, genau wie alle anderen Kinder im Hof, die vermutlich derselben Assoziation auf den Leim gegangen sind, erst in der Schule, im vergangenen Schuljahr, dem ersten deines Lebens, als ihr über den *Mühlbach* spracht, hat euch die Mitschülerin P., das einzige von ihren Eltern rundum geförderte Kind der Klasse und daher Klassenprimus, empört über den Namensirrtum aufgeklärt. Es ist die Zeit des beginnenden Umweltschutzes und der Vater von P., so berichtete P. euch ahnungslosen Mitschülern, hatte sich für den Bach eingesetzt, denn er sollte zugeschüttet werden. Ungemein beeindruckt hat dich das, dass der Vater von P. die Macht besaß, das Eliminieren eures Baches und des an seinen Ufern wuchernden und mit waschechten Lianen, solchen wie die, an denen sich Tarzan schwingt, ausgestatteten *Urwalds*, wie ihr Hochhauskinder die schönen wilden Bäume und das dazwischen sich rankende Gestrüpp nennt, zu verhindern, überempfänglich bist du für die Idee, die sogenannte Natur zu schützen, vor dem Zugeschüttetwerden zu retten und damit die Welt, und diese Überempfänglichkeit speist sich aus deinem persönlichen Stahlstadtrandkindlebensgefühl, in dem die Natur zwar in gar nicht so geringem Maße vorhanden ist, allerdings, so dein Eindruck, nur als Scheinnatur: Wiesen sind nur der Rahmen für Asphalt, Bäume nur Komparsen, Felder nur ein Teppich vor der Autobahn, der Bach ist ein Gefangener hinter dem Zaun, unter dem ihr verbotenerweise hindurchkriecht, der *Urwald* folglich eine illegale Zone, in der Luft lauert der Lungentod durch das Gift aus den VÖEST-Hochöfen, Wolken sind nur Abgase, du hältst den Atem an, ohne es zu merken, wenn deine Schwestern vor dem Schlafengehen das Zimmer lüften, und diese Atemverweigerung hat zur Folge, dass du in absehbarer Zeit umso mehr und umso tiefer Luft in dich einsaugen musst, ganz ähnlich verhält sich dein Körper, wenn dein Vater, und seit Neuestem auch der ältere deiner beiden Brüder, im Wohnzimmer eine Hobby nach der anderen rauchen, wenn du glaubst, ersticken zu müssen, du atmest ein, bekommst aber nicht genug Luft, und so atmest du immer mehr und mehr und mehr und doch ist es nie genug, und in solchen Momenten flüchtest du aus dem Zimmer, in den Hof oder in den Garten, mit zum Gießen.

Der Garten ist nicht nur der Ort, an dem du barfuß über Gras und Erde rennen kannst, bis deine Füße schwarz sind, oder Karotten aus den Beeten buddelst, die so gut schmecken, wie keine Supermarktkarotte dir jemals geschmeckt hat, es ist auch ein Ort, an dem die ungarische Sprache da und dort wächst und aus dem Nichts heraussprießt und dir, die sie sonst nur subkutan mit sich herumträgt, ihre Existenz so deutlich unter die Nase reibt, als wollte sie sagen *Bäh, es gibt mich doch*, und wenn sie sich zeigt, wenn sie plötzlich da ist und Konturen angenommen hat, kannst du sie ernten, ihren Klang kosten, ihre Melodie trinken, zum Beispiel wenn der Vater und zwei, drei seiner Kumpanen, allesamt 56er-Flüchtlinge, wenn auch nicht *mit* ihm, so doch zur gleichen Zeit, in denselben kalten Oktober- und Novembertagen geflüchtet, hinter eurer Hütte beim Holunderstrauch ihre Schnapsgläser mit Pálinka aneinanderklirren lassen und ungarische Lieder singen, wobei sie, je mehr Pálinka ihre Kehlen hinunterrinnt, desto enger aneinanderrücken, die Arme auf des anderen Schulter gelegt, und umso lauter singen, um plötzlich die Stimmen zu senken, damit die Frau des Freundes deines Vaters, die Tante, die sich *kein Blatt vor den Mund nimmt*, nicht Wind vom heimlichen Vergnügen der Männer bekäme, sonst hätte dieses Vergnügen ein jähes Ende, zumindest für L. Wenn dein Vater und seine ungarischen Freunde auf Deutsch umschwenken, ist es, als ob sie mit ihren Sätzen tändelten wie mit einem kostbaren, verschnörkelten Teeservice aus Porzellan. Ihr Kinder lacht oft in Gesellschaft dieser ungarischen Freunde des Vaters, nicht weil ihr Deutsch so unbeholfen wäre, sondern weil die Wörter so präzise wie extravagant gewählt sind, doppelte und dreifache Böden haben und selten einer ironischen Note entbehren, was daran liegt, behauptet euer Vater, dass das Ungarische für ein und denselben Gegenstand unendlich viel mehr Bezeichnungen anbietet als sämtliche andere Sprachen dieser Welt, noch für die kleinste, feinste Nuance. Ihre Sprachgewandtheit, auch oder gerade im ärgsten Suff, adelt deinen Vater und seine Freunde, für dich sind sie, wenn sie so hinter der Gartenhütte stehen und Pálinka pippeln, nichts Geringeres als ein handverlesener Kreis an vornehmen Lords in Badehosen, die beim Nachmittagstee virtuos mit Tassen und Silben klimpern.

Neben eurer Parzelle befindet sich jene eines alten, für dich märchenhaft alten ungarischen Ehepaars, sie eine Hexe, gebückt und mit einem von Falten zerfurchten Gesicht, das sie der Welt nie anders als grimmig entgegenhält, euch Kinder funkelt und keift sie an, weil ihr klettert, weil ihr Ball spielt und lacht, weil ihr auf dem Dach eures Plumpsklos hockt, das an ihre Parzelle grenzt, du fürchtest dich vor ihr, aber gleich dahinter, hinter der Hexe, hat H. seinen Garten, der Sohn von einem der ungarischen Freunde deines Vaters, ungefähr in deinem Alter ist er, ein dir angenehmer Spielgefährte, der streng erzogene H., ein Bauprojekt verfolgt er, eine Wasserleitung will er bauen, aus vielen leeren, ineinandergesteckten Tintenpatronen, weshalb du ihm heute ein paar mitgebracht hast, und er freut sich darüber, bedankt sich höflich und fängt gleich an, die Enden aufzudrücken und die kleinen Kügelchen rauszuschütteln, sie würden in der Wasserleitung nur stören, so H. Einen Moment lang, während ihr so im Eingang eurer Gartenhütte sitzt und er schüttelt und die Väter hinter der Hütte beim Holunderstrauch singen, blitzt in dir der Gedanke auf, dass H. verstehen kann, was die Väter da singen und worüber sie dann so laut lachen und witzeln, denn H. hat mit seinem Vater immer nur

Ungarisch gesprochen, wohingegen du mit deinem Vater immer nur Deutsch gesprochen hast und also diese andere Sprache, die Vatersprache, in eine dämmrige Unterwelt hinabgesunken ist, oft hast du dich gefragt, ob sie überhaupt existiert, diese Sprache, wie du dich auch gefragt hast, ob ihr existiert, ob es euch wirklich gibt, dich und die Deinen, ob es euch geben darf, mit diesem Unterschied auf euren Zungen, mit dem Gespenst der anderen Sprache in euren Köpfen. Filigrane Dinge sind das, die aus dem Kopf nicht in das Reden gebracht werden können, und selbst wenn, denkst du manchmal, wenn du all das sagen könntest, wer würde damit etwas anfangen können? Für verrückt würden sie dich halten, mit solchen Gedanken. Besser, sie in deinem Schädel behalten, wo sie hingehören, wo sie geschützt sind. Im Draußen, vor den Augen und Ohren der anderen, du kennst das schon, schmilzt so etwas dahin wie nichts, und auch du stehst dann plötzlich dort, wo eben noch alles hell und klar und fest umrissen war, vor einem Nichts, und hast keinen Beweis in der Hand, dass da doch etwas war, etwas, das sich zum Denken gut geeignet hat. Für das Filigrane ist das Draußen, die andere Seite der Stirn, ein feindliches Klima, es passt dort nicht hin. Ins Draußen passen

Schnürsenkel, Tintenpatronen, eine Schubkarre, Schnaps. So etwas.

H. und du, ihr sprecht nie über die Tatsache, dass er Ungarisch beherrscht und du nicht, auch beneidest du ihn nicht, es ist eben so und also für euch ganz natürlich, und trotzdem ist dir der Garten mit den ungarischen Vätern und ihren Kindern, die ihnen auf Ungarisch antworten, ein Beweis, eine Existenzbestätigung und ein Zuspruch: Ihr seid nicht die Einzigen. So eine Rückenstärkung bräuchtest du auf eurer Agora, im Hof daheim nämlich, und in der Schule, wo du längst hast lernen müssen, dass nicht alle Sprachen gleich viel wert sind, Jugoslawisch ist eine minderwertige Gastarbeitersprache, niemand will Jugoslawisch lernen, Italienisch ist top, Italienisch ist Urlaub, ist neues Gewand, bestes Eis und so weiter. *Uno, due, tre,* hat P., die Klassenbeste, dir vorgezählt, als du sie diesen Sommer einmal im Schörgenhubbad getroffen hast, sie hat dich aufgefordert, dasselbe auf Ungarisch zu tun, nur um dir dein Ungarisch danach um die Ohren zu knallen, was für eine hässliche Sprache, so P. damals angriffslustig, *Uno klingt doch viel besser als egy! Ätsch* hat sie es ausgesprochen und eine Grimasse gezogen, seitdem glaubst du zu wissen, wo auf der Werteskala in etwa die Vatersprache angesiedelt ist und du hast begonnen, dich für sie zu schämen, ganz besonders vor P.

Deine Klassenkameradin P. ist es auch gewesen, die dich unwissentlich vor einer Blamage bewahrte, indem sie die Lehrerin durch ihr von Wimmern und Zappeln begleitetes Aufzeigen dazu brachte, sie an deiner statt dranzunehmen. Die Lehrerin hatte gefragt, wie man den Muskel am Oberarm noch nennen könne außer *Muskel* und P. hatte korrekterweise *Bizeps* geantwortet. Du aber warst drauf und dran gewesen, *Muxeln* zu sagen, denn so hatten deine Geschwister deine angespannten Oberarmmuskeln immer bezeichnet, wenn du ihnen selbige vorgeführt hast, um sie mit deiner körperlichen Stärke zu beeindrucken. Bestimmt war dir der Begriff *Bizeps* schon untergekommen, aber nie hättest du gedacht, dass das lustig springende und klingende Wort *Muxeln* gar nicht existierte, nur ein von deinen Geschwistern, die dich tags darauf wegen dieser Geschichte und deinen daraus hervorgehenden Fragen herzlich auslachten, verdrehtes Unwort war. Eine Episode, die dich gründlich verunsichert hat. Welche sind nun die erlaubten Wörter, die für die Außenwelt tauglichen? Und welche die privaten, die nur in deiner Familie und ihrer Sprachsuppe vorhandenen, die sich zu kleineren Teilen aus der Fremdsprache des Vaters, der Halbfremdsprache der Mutter, zum Großteil aber aus dem ortsüblichen Dialekt (durch die Geschwister) sowie den vom ortsüblichen Dialekt und der jeweiligen Muttersprache geprägten Idiomen der Eltern und nicht zuletzt den Wortverdrehungen deiner Geschwister zusammensetzt? Auch der ungarische Spitzname des älteren deiner Brüder, der einzige Name, den du Zeit deines bisherigen Lebens mit ihm assoziiert hast, ist, wie du beim Ausfüllen eines Arbeitsblatts für den Sachunterricht zum Thema *Meine Familie* lernen musstest, für die Außenwelt untauglich, da gilt nur die deutschsprachige Variante des Brudernamens, hat dir die ältere deiner Schwestern kopfschüttelnd eingehämmert. Auf welche Wörter man sich felsenfest verlassen kann, das hast du dich oft gefragt und in der Schule genau hingehört, aber immer weniger gesprochen, aus Angst, deine Wörter könnten nicht halten, deine Sätze an einer Stelle brechen wie zu dünnes Eis.

ZWEI

Am Abend alle vor dem Fernseher und Brot, Wurstreste von der Feinkost im Supermarkt und die Schätze aus dem Garten essen: Radieschen, Tomaten, Jungzwiebel. Der Vater isst Schmalzbrot und tunkt die Jungzwiebel in das Salzfass, bevor er hineinbeißt. Er isst wie einer, dessen Tage nur aus Arbeit und Hungern bestehen, denkst du, mit ungezügeltem Appetit und breiten, kräftigen Bewegungen, ein bisschen wie Oliver Hardy, denkst du, denn das schaut ihr gerade, *Dick und Doof.* Und jetzt kommt es, jetzt sagt Ollie das, was er in fast jeder Folge so oder so ähnlich zu Stan sagt: *Du hast uns die Suppe eingebrockt, jetzt musst du sie auch auslöffeln.* Unter den Wurstresten war ein dickes Stück deiner geliebten Weißwurst, daran kaust du gerade mit Genuss, eine Scheibe Brot in der anderen Hand, und trotzdem siehst du eine Suppe vor dir, wie jedes Mal, wenn Ollie das mit der Suppe sagt, ja, beinahe schmecken kannst du sie, du, die du Suppen nicht ausstehen kannst, weil es eine Ewigkeit dauert, bis sie gegessen sind, oft werden sie, je mehr du löffelst, mehr statt weniger, und die Mutter muss sie am Ende für dich aufessen, *damit sie wegkommt.* Selbstverständlich hast du längst verstanden, was Ollie mit seinem Suppenspruch meint, seine säuerlich-resignierende Miene allein macht alles klar, doch was das *Einbrocken* angeht und wie es funktioniert, ist dir ein Rätsel und wird es noch eine Weile bleiben, denn Zeit zum Fragen ist nie, außerdem ist es zu laut, deine Brüder wiehern vor Vergnügen, der ältere deiner Brüder am lautesten, sein ausgelassenes, auf die Spitze getriebenes Lachen lacht er, gackernd, krähend, rasselnd, ungebremst und also lacht ihr alle, einerseits wegen des Bruderlachens, andererseits wegen Stan Laurel und Oliver Hardy. Auch du liebst Stan und Ollie, Ollie ein bisschen mehr, weil Stan dich mit seinem Geheule verunsichert, ein wie ein Baby weinender Mann, das gibt es in deiner Umgebung nicht, wo die Geschlechterrollen in Marmor gemeißelt sind, die Mütter als Alleinverantwortliche für Haushalt und Kinder, oft auch schlecht bezahlte Teilzeitjobs obendrein und ab und zu weinen, die Väter draußen zum Lebensunterhalt Verdienen und immer stark und unerschütterlich, mit aller Kraft in Schmalzbrote und Jungzwiebel beißend, so angestrengt, als wäre auch das Essen noch Teil der Arbeit und danach erschöpft in den Fernsehsessel sich sinken lassend, beinahe eindösend. Vielleicht weil der Schlaf ihn schon fast streift, fällt dem Vater plötzlich sein Traum der letzten Nacht ein: Eine lange, verlassene Straße ist er entlanggegangen, mit einem alten, zerfledderten Mantel bekleidet und barfuß. Arm war er. Gedanken an Selbstmord. Dann aber Hunger. Der Vater muss lachen, als er das erzählt. Na gut, hat er gedacht, so der Vater weiter, dann bringe ich mich eben nicht um und geh heim, was essen. Wenn der Vater etwas erzählt, das er für lustig hält, lacht er selbst am meisten von allen, leise lacht er, eher in sich hinein als hinaus, und kann dann nicht sprechen, muss tief Luft holen und sich von der Anstrengung des Lachens einen Moment lang erholen.

Jetzt hast du Lust bekommen, deinerseits deinen Traum von der vergangenen Nacht zu erzählen, und du fängst an mit der Tante unter den drei Kastanienbäumen bei den Parkplätzen vor eurem Hochhaus, auf einer Gartenliege oder Leiter liegt sie, das ist nicht ganz klar, vielleicht Gartenliege und Leiter in einem, eine Mischung, und hinter dem Zaun, wo der neu gebaute Häuserblock steht, spielen ein paar Kinder, die du nicht kennst, sie sammeln Kastanien, doch alles sieht ganz anders aus als *in echt*, du aber kannst fliegen, ohne Flügel, ohne Flugzeug, einfach so, wie du bist, steigst du höher und höher, ein wunderbares Gefühl ist das, von oben schaust du auf die Kinder, die Kastanienbäume und die Tante, aber die Tante ist gar nicht die Tante, sondern deine Volksschullehrerin, *Also was jetzt*, sagt der jüngere deiner Brüder, um dich ein wenig zu foppen, und die jüngere deiner Schwestern macht *Psssst!,* weil sie den Schluss von *Dick und Doof* sehen und hören will und deine Mutter macht *Pssssst!,* weil du tatsächlich wieder sprichst, endlich, endlich wieder sprichst und dich dabei niemand unterbrechen soll, der Vater schläft und schnarcht inzwischen wie eine Kettensäge, sodass man den Fernseher lauter schalten muss, und den zu übertönen gelingt dir mit deiner hellen Kinderstimme nicht, weshalb du dich neben die Mutter quetschst, die Einzige, die sich für deinen Traum zu interessieren scheint, doch siehst du ihr genau an, während du zu Ende erzählst, dass ihr Blick durch dich hindurchgeht und ihrem wiederholten ahso, aha, aha hörst du das Mechanische an, du siehst und hörst ihr an, dass sie dir nicht zuhört, schließlich stellst du ihr eine Frage und sie antwortet mit ahso, aha, jetzt weißt du es also, hast den Beweis für ihre Geistesabwesenheit und du rüttelst sie ungeduldig am Arm. Ob Träume immer so komisch sind, hast du sie gefragt gehabt, komisch im Sinne von seltsam, und die Mutter antwortet endlich, Ja, Träume sind immer komisch, das ist ganz normal, und so wie die Mutter das sagt, klingt es wie *Mach dir keine Sorgen,* aber du machst dir keine Sorgen, im Gegenteil, du freust dich, möchtest den Traum zurückholen, möchtest deiner Mutter genau beschreiben, wie sich das angefühlt hat, so hoch oben in der Luft, über den Kindern und den Bäumen, damit sie es auch spüren kann, doch so einfach lässt sich das wunderbare und seltsame Fliegegefühl nicht in die Sprache hinüberziehen, wie sehr du auch in deinem Kopf kramst, du findest kein passendes Vokabular, kein Ausdruck deckt das Wunderbare ab, wie zu kleine Tischdeckchen liegen deine Wörter auf den Traumteilen herum und darunter blinzelt das Holz hervor, unsichtbares Traumholz, das sich nicht erzählen lässt. Wie erzählt man einen Traum? Ein Gefühl?

Mit Dingen, stellst du dir manchmal vor, mit kleinen Gegenständen, Steinen zum Beispiel, die du in einem Setzkasten an der Wand hängen hättest, so einem Setzkasten, wie ihn einige Familien in eurem Hochhaus im Vorzimmer neben dem Spiegel haben, mit Miniaturkännchen und -kätzchen und -schmetterlingen darin, so ordentlich und von den Müttern, stellst du dir vor, mit einem Miniaturstaubtuch täglich abgestaubt, so ein Setzkasten, für dich ein Objekt totaler Bewunderung und des Neides, so einen hättest du immer gern gehabt und hättest ihn jetzt gern für deine Steine, ein jeder von anderer Farbe und Form, einen Stein für jedes Gefühl hättest du und du müsstest ihn nur hochhalten und alle kennten sich aus, denn welcher Stein für welches Gefühl steht, das würden die Kinder schon von klein auf gelernt haben, erst von den Eltern und später dann in der Schule: Steinkunde. Steingefühlskunde. Vielleicht hast du deshalb immer schon so gerne Steine gesammelt, das Mädchenzimmer ist voll davon, zwischen deinem Spielzeug, überall liegen Steine und jeder einzelne ein ganz besonderer, einer mit Glitzer und riecht nach Feuer, ein anderer rosa mit weißen Streifen, andere wieder grau und rund und gewöhnlich auf den ersten Blick, weil sie nur im Wasser, wo du sie gefunden hast, so schön leuchten, nur wenn sie nass sind ihre echte Farbe zeigen. Wenn man auch die Wörter in Wasser tauchen könnte oder darin auflösen und als Brausegetränk trinken, jedes

Wort ein anderer Geschmack und für jeden Mund noch einmal anders schmeckend. Oder es gibt ihn doch, den *Wortschatz,* und er liegt irgendwo vergraben oder am Meeresboden oder viel näher, in eurem *Grüßteich*, gleich hinter dem Schilf, und du würdest danach tauchen, ihn herauftauchen, aus dem Schlamm herauf, wenn du auch weißt, deine Geschwister haben dich längst darüber aufgeklärt, dass *Wortschatz* nur ein Wort ist und kein Schatz, ist er nie vergangen, dieser Wunsch, dass es ihn doch gibt, dass du ihn hebst, den Deckel öffnest und drin findest du dann all die Wörter, die dir fehlen, um das zu sagen, was du jetzt nicht sagen kannst. Glitzern würde er und duften, auch Musik machen, wenn du die Wörter, die von ganz anderer Art wären als jene, die ihr kennt, durch deine Finger rieseln ließest wie goldene Münzen, wie Edelsteine.

Vor dem Fernseher, die Eltern haben sich schon ihre Schlafstatt im Wohnzimmer bereitet, die Couch ausgezogen, die unbequemen Kleider des Tages ebenso, da reißt euch die Türglocke aus eurer abendlichen Dämmerstimmung. Eine befreundete Familie, der Vater ein weiterer der vielen ungarischen Freunde deines Vaters, ist auf dem Weg in den dritten

Stock. Es ist ein hektisches Springen und Laufen, Bettzeug muss fortgeschafft, die Couch wieder aufgestellt werden und Vater und Mutter hüpfen in Windeseile in ihre Kleider zurück, du dagegen darfst im Pyjama bleiben, *du bist die Kleinste und es ist wurscht, wie du aussiehst,* meint die jüngere der beiden Schwestern, die Einzige, die außer den Eltern und dir zu Hause ist. *Wurscht ist es höchstens bei dir,* gibst du deiner Schwester zurück, erstens sowieso, findest du, und zweitens weil du, im Gegensatz zu ihr, Besuch von einem anderen Kind bekommst, vom Sohn R. der befreundeten Familie, er ist in deinem Alter und schon dein Spielgefährte, seit du auf der Welt bist, ein nett aussehender Blondschopf, der sich oft ein wenig in den Sprachen verhaspelt, dem Ungarisch des Vaters und dem Deutsch der Mutter, die Buchstaben und Wörterschlangen auf ihrem Weg vom Kopf in den Mund durcheinanderbringt und sich deshalb manchmal ein wenig sonderbar ausdrückt, gerade das magst du an ihm, während alle anderen ihn deswegen mitleidig belächeln oder zurechtweisen, am allermeisten seine eigene Mutter, die ihrerseits die Sätze herausfeuert wie ein Maschinengewehr ohne je eine Pause einzulegen. Natürlich ist sie jetzt als Erste zu hören, als die Lifttür aufgeht und der unangemeldete Besuch herausspaziert, überschwängliches Grüßen und viele ungarische Umlaute fliegen durch euer Vorzimmer. R. und du, ihr schlüpft darunter hindurch, ihr braucht das Reden nicht, um euch zu finden. Ihr zieht euch ohne Umschweife ins Mädchenzimmer zurück, dort sind die meisten Spielsachen, und falls ihr es in absehbarer Zeit schaffen solltet, die jüngere deiner beiden älteren Schwestern aus dem Zimmer zu vertreiben, dann könnt ihr euch auch wieder eurem seit Längerem gepflegten Ritual widmen, das darin besteht, sich die Hosen bis zu den Knien hinunterzuziehen und des jeweils anderen Geschlecht anzusehen, nur um es wieder einmal gesehen zu haben. Ihr habt ein einziges Wort, ein Dialektwort, für beide Geschlechtsorgane und ihr macht euch nicht die Mühe, das eine und das andere mit verschiedenen Bezeichnungen zu versehen, denn dass das eine als männlich gilt, das andere als weiblich, ist euch egal. Als die Schwester sich ins leere Bubenzimmer begibt, um die Hitparade auf Kassette aufzunehmen, zögert ihr keine Sekunde, ihr macht, was ihr bei solchen Gelegenheiten immer macht, und du wunderst dich wie immer über die Existenz dieses eigenartig gebogenen kleinen Rüssels am Unterleib von R., während du selbst dir dort ein wenig leer vorkommst. Was dein Gegenüber denkt, weißt du nicht so genau, denn ihr pflegt bei der Ausübung eures Rituals nicht zu sprechen, ihr schaut nur. Dieses Mal aber tritt R. plötzlich mit der Frage an dich heran, ob ihr *sie zusammenstecken* sollt, du aber lehnst mit einem Kopfschütteln ab. Die Idee erscheint dir kindisch und du wüsstest nicht, was das bringen sollte. R. offenbar auch nicht. Er blickt dich ratlos an und zuckt die Schultern. So sieht einer aus, denkst du, der vor nicht allzu langer Zeit noch ernsthaft geglaubt hat, dass er, der um ein halbes Jahr Jüngere, dich altersmäßig noch überholen kann, bis seine Mutter vor deinen Ohren diesen Wunschgedanken als unrealistisch entlarvt hat. Gerade als ihr im Begriff seid, eure Unterhosen umständlich wieder heraufzuziehen, platzt die ältere der beiden Schwestern in das Mädchenzimmer. Sie sieht euch so halb nackt, grüßt euch fröhlich, als wäre das, was sie sieht, ein ganz alltägliches Bild, holt etwas aus ihrem Schreibtisch und rauscht wieder hinaus. Jetzt wissen es alle, denkst du, und aus Scham verbringst du den Rest des Abends im Kleiderkasten, nicht einmal verabschieden willst du dich von eurem Besuch und niemand versteht, was mit dir los ist, auch die ältere deiner beiden Schwestern nicht. Vor dem Einschlafen, du bist mit der älteren Schwester allein im Zimmer, die jüngere putzt noch ihre Zähne, rufst du sie von deinem Bett aus beim Namen, danach aber kommt nichts mehr aus deinem Mund heraus. Aus irgendeinem Grund hast du den Wunsch gehabt, zu hören, was die Schwester über das denkt, was sie gesehen haben muss, nun aber dämmert dir, dass es sich bei der Angelegenheit um eines dieser Dinge handelt, über die nichts gesagt werden kann. Fühlen und Denken ist die eine Sache, das Fühlen und Denken mit der Zunge, den Zähnen und Lippen zu Worten zu formen eine ganz andere, weil das Fühlendenken oder Denkenfühlen in deinem Inneren aus einem anderen Material ist als das Sprechen, das sich im Draußen abspielt, und die beiden Materialien lassen sich nicht miteinander verbinden, sind in verschiedenen Aggregatzuständen: das Fühlendenken oder Denkenfühlen ein sämiger Brei, die Worte dagegen fest und klar konturiert, Gefäße. Und doch kannst du es nicht lassen, nach Wörtern zu suchen, die dem unförmigen Innenzeug ähneln, Wörter, die hinter ihren Wänden weich werden, wenn du sie in den Mund nimmst, wie Bonbons, die außen hart sind und innen mit Karamell gefüllt. Das Einzige, was du jetzt aus dem Mund der älteren deiner Schwestern hörst, ist ein müder, in ein langes Gähnen übergehender Fragelaut. Immer ist sie jetzt so früh müde, denkst du, und sie erzählt nicht mehr von ihren Freundinnen, nur noch von ihrem Freund, dem werdenden Kindsvater, aber auch das nicht so ausführlich wie sie früher von ihren Freundinnen erzählt hat, ganz so, als gäbe es jede Menge Geheimnisse rund um diesen Freund, hinter die ihr Geschwister nicht kommen sollt. Und dann kommt die jüngere Schwester ins Zimmer.

Im Hof tummeln sich ein paar von ihren Urlauben zurückgekehrte Kinder, darunter zwar keine Freunde von dir, aber immerhin ein Brüderpaar, dem du neutral gegenüberstehst, das du von gemeinschaftlichen Ballspielen, vom Verstecken und Räuber und Gendarm her gut kennst und weil sie zwei Stockwerke unter dir wohnen, erwartungsvoll hüpfst du die Stiegen hinunter, hinaus in den Hof, und gesellst dich zu ihnen, ausgehungert wie du bist. Der ältere der beiden Brüder rechnet der Kindergemeinschaft lange vor, wie viel in Italien welches Eis, mit einer, mit zwei, mit drei Kugeln und so weiter kostet, statt Schilling sagt er *Lire* und immer sind es gleich ein paar Tausend, weshalb du diese langweilige Rechnerei im ersten Moment als Witz auffasst, aber nein, er meint es ernst, und der Nachbarsbub D., der nun wieder dein Feind und leider ebenfalls im Hof ist, redet groß mit, er ist auch schon einmal in Italien gewesen, wie er mehrmals wichtigtuerisch einwirft, und kennt sich aus mit *Lire*, du aber kannst kontern, indem du sagst, dass das Geld in Ungarn *Forint* heißt. Die Brüder haben neue kurze Hosen aus Italien, neue Sandalen aus Italien und um soundsoviele Tausend *Lire* haben die Eltern ihnen auch ein Maschinengewehr aus Plastik gekauft, mit dem jedes Kind, das möchte, nun ein wenig durch den Hof ballern darf. Alle wollen, dein Feind D. natürlich als Erster und das darf er auch, weil er sich vorgedrängt hat. Du spürst deinen Ärger über den widerlichen kleinen Hosenscheißer in dir hochkriechen, aber es geht noch schlimmer, denn gerade in dem Augenblick, in dem du mit dem Maschinengewehr an der Reihe bist, taucht dein größter Feind auf, W. aus dem achten Stock, und wie gewohnt droht er euch allen zur Begrüßung mit körperlicher Gewalt, posaunt sein *Ichkannjudoundkarate* in die friedliche Runde mit Maschinengewehr, woraufhin dein kleinerer Feind D. wie gewohnt etwas Schmeichelndes fallen lässt, um den Schlägen zu entgehen, während du wie gewohnt dem Gewalttäter verbal entgegentrittst, weil dich alles, äußerlich und innerlich, an ihm anekelt und deinen Widerspruchsgeist weckt, wecken muss, und plötzlich, du weißt nicht genau, wie es dazu kommt, liegt ihr wie gewohnt ineinander verkeilt auf dem Boden, W. und du, irgendwann schmeckst du Erde und frisches Gras in deinem Mund und blutest aus der Nase. Als deine Mutter dich heulendes Häufchen Elend in der Küche vor sich sieht, lässt sie alles stehen und liegen, packt dich am Handgelenk und läuft mit dir hinunter in den Hof. Du bleibst mit etwas Sicherheitsabstand bei der Hausecke stehen, sie aber geht auf den Gewalttäter zu und spricht mit ihm, ruhig und bittend. Der Sommerwind trägt dir ein paar Wortfetzen zu: *Schau, sie ist doch eh so dünn … ihr euch doch vertragen …* und Ähnliches. Tatsächlich lässt dich dein größter Feind W. fortan in Ruhe, und du wunderst dich insgeheim darüber, dass die Mutter das mit nichts als ein paar läppischen unbewaffneten Sätzen geschafft hat.

Von früh bis spät steckst du nun mit dem Brüderpaar aus dem ersten Stock zusammen, heimlich schlüpft ihr unter dem Zaun durch, der den Spielplatz im Hof vom Bach abgrenzt, und dort drüben, im *Urwald* auf der anderen Seite, baut ihr euch ein Lager aus langen Ästen zwischen Lianen, beim breiten Stamm einer Trauerweide, der sich beinahe waagrecht über das Wasser biegt wie ein eigens für euch hierher gebauter Steg, ein Steg vor eurem Haus, nur schöner, viel schöner als ein Steg aus ein paar langweiligen Brettern, und er lädt buchstäblich dazu ein, von euch beklettert zu werden, womöglich sich mit einer der Lianen auf den Baumstammsteg draufzuschwingen wie Tarzan, den ihr vor Kurzem gerade ausnahmslos alle im Fernsehen bewundert habt und dessen vollkehligen Schrei ihr nachahmt, ohne euch, was die Lautstärke betrifft, zurückhalten zu müssen, allerdings halten eure Lianen, wie sich sogleich zeigt, weniger aus als die von Tarzan: der jüngere der beiden Brüder landet auf seinem Hosenboden, sitzt jetzt im Uferschlamm, immerhin nicht im Wasser. Obwohl ihr noch nicht wirklich hungrig seid, so eine Überlebensjause aber zu einem selbst gebauten Urwaldlager dazugehört, lauft ihr alle nach Hause, Essbares holen, zusammenraffen, was ihr auf die Schnelle in euren Küchen finden könnt oder was die Mütter freigeben, und nehmt auf dem Rückweg noch zwei andere Kinder aus dem Hof mit, das eine dein lieber Feind D., den du mürrisch schweigend in Kauf nimmst, das andere S. aus dem siebten Stock, die, im Gegensatz zu dir, mit ihrem langen brünetten Haar und ihrem vollen Herzmund aussieht wie ein Mädchen und genauso furchtlos in die Baumkronen klettert wie ihr anderen auch. Essen, schnitzen, bauen, klettern, springen, schreien und Tarzan sein, Urmenschen sein, eine gefürchtete und gefährliche Bande sein, es ist, wenn man sich den Plastikmüll im Bachbett wegdenkt und auch den Rest der Stadt, fast wie Bullerbü, und genau das sagst du den anderen auch, du erklärst ihnen Bullerbü und möchtest, dass sie Bullerbü so lieben wie du, damit du mit deinem Bullerbü nicht so alleine glücklich sein musst, doch weiter als bis zu den Namen kommst du mit deinen Erklärungen nicht, dann taucht tatsächlich die berüchtigte Ratzek-Bande von den Wohnblocks jenseits des Baches auf, allesamt älter und größer als ihr und mit wilden Augen in den Gesichtern und, so erzählt man sich, echten Messern in ihren Hosentaschen, Messern, die größer und spitzer sind als eure Taschenmesser. Alles stehen und liegen lassen, das schöne Lager, euer Haus, rennen, so schnell ihr könnt, über den Acker und zurück zu der Stelle hinter dem Ahorn, wo einige von euch nun blitzschnell unter dem Zaun durchschlüpfen, die anderen darüberklettern, auf die Gefahr hin, dass euch die Hausmeisterin von ihrem Balkon aus bei der Untat sieht und sich zu euren Eltern beschweren geht, was dir ziemlich egal sein kann, deine Eltern bestrafen dich nie, deinen Hausfreunden aber den ihnen verhassten Hausarrest einbringen könnte, eine Gefahr, die angesichts der viel größeren Gefahr, von der Ratzek-Bande massakriert zu werden, völlig aus dem Blickfeld deiner Spielkameraden verschwindet, ja verschwinden muss, will man mit dem Leben davonkommen.

Oben die Mutter, die die Hände über dem Kopf zusammenschlägt und dich auf den Balkon schickt, weil sie frische Jauche an deinen erdverklebten Schuhen zu riechen meint: *Juuu! Der Bauer hat geoooodelt! Pfui!* Prustend lachende Geschwister, lachend, weil die Mutter das Dialektwort *adeln*, es bezeichnet das Düngen mit Fäkalien, mit einem langen, geschlossenen O ausgesprochen hat, während es im ortsüblichen Dialekt jedoch mit einem offenen A, also einem zwischen A und O liegenden Selbstlaut ausgesprochen gehört, der dich an das dir so vertraute ungarische A erinnert, das deine ungarischen Verwandten auch in deinen Vornamen hineinsprechen und ihn damit in einen anderen verwandeln, aber auch in der allerersten Muttersprache deiner Mutter, dem Siebenbürger Dorfdialekt, dem *Soksischen*, aus dem sie im Alter von zwei Jahren hat flüchten müssen und das durch diese Flucht von der Dorf- und

Alltagssprache zu einer isolierten Familiensprache geschrumpft ist, gibt es dieses offene A, das kennst du aus einem Kinderaufzählspruch, den die Mutter als einen der wenigen *soksischen* Brocken von Zeit zu Zeit aus ihrem Gedächtnis kramt, er beginnt mit *Tschingtsche, Bingtsche, Albeske, Balbeske, Putschlstalchje*, das sind die Namen für die fünf Finger oder Zehen, und dann geht es weiter damit, was diese fünf Finger oder Zehen machen, nie hast du es verstanden, hast deine Mutter aber auch nicht gefragt, weil es immer schon Teil des Spiels gewesen ist, das Gesagte nur zu erahnen, in der mütterlichen Märchensprache die verdrehten, vergorenen deutschen Wörter hervorblinken zu sehen, zu wissen, was *Albeske* und *Balbeske,* beides mit offenem A ausgesprochen, eigentlich heißt und ob es etwas heißt, hätte bedeutet, den Zauberstaub von den Märchenwörtern zu blasen, und so kommt es, dass in dem Finger- oder Zehenaufzählspruch auch ein *Woulf* vorkommt (du reimst dir zusammen, dass das Wolf heißt), obwohl die Mutter in Wahrheit *Would* sagt, was Wald heißt. Deine Geschwister und du, ihr seid, ob ihr wollt oder nicht, in die nicht oder nur halb oder Teilzeit vorhandenen Muttersprachen eurer Eltern genauso eingewickelt wie in die sichtbaren Sprachen eures Alltags, den ortsüblichen Dialekt, das Hochdeutsch der Schule, das Pseudohochdeutsch und den Pseudodialekt eures Zuhauses und so weiter, denn die unsichtbaren Muttersprachen der Eltern als die tiefer liegenden Schichten drücken sich durch die täglich gesprochenen durch, hinterlassen Abdrücke, bilden Hügel und Grübchen, der siebenbürgische *Woulf* lugt unter dem Wolf hervor wie der böse Wolf unter Großmutters Nachthemd und unter jedem Brot liegt eine Scheibe siebenbürgisches *Bruit*, und darunter ein ungarisches *Kenjeer* (so, denkst du, schreibt man das), und alle drei schmecken ganz anders, das *Brot* nach schwerem Schwarzbrot, das *Kenjeer* nach leichtem Weißbrot und das *Bruit* nach Luft, denn du hast es noch nie gekostet, hoffst aber, dass es dem *Kloetsch*, dem Eierkuchen der Großmutter ähnelt, auf den deine Geschwister und du euch stürzt, wenn ihr zu Besuch bei den Großeltern seid. Deine Geschwister und du, ihr wisst natürlich nichts von eurem Eingewickeltsein in die Muttersprachen der Eltern, höchstens ahnt ihr etwas davon. Mit den Muttersprachen eurer Eltern verhält es sich wie mit einem amputierten Bein: Es ist zwar nicht vorhanden, kann aber trotzdem jucken oder wehtun. Wie der Phantomschmerz den Amputierten beschäftigen euch die Phantomsprachen eurer Eltern auf unerklärliche Weise. Und selbstverständlich seid ihr, wie alle Kinder von Eltern, nicht nur in die Muttersprachen eurer Eltern, sondern auch in ihre jeweiligen Lebensgeschichten eingewickelt, ob ihr wollt oder nicht, weshalb an diesem Abend vor dem Einschlafen, als du mit Freude und Stolz und leichtem Frösteln wegen der Ratzek-Bande noch einmal an euer selbst gebautes Lager am Bach denkst und hoffst, dass es die Ratzek-Bande nicht völlig zerstört hat, dir beim Wort *Lager,* anders als tagsüber, im nachtdunklen Mädchenzimmer nun unwillkürlich die Bilder des Flüchtlingslagers erscheinen, in dem deine Mutter mit ihrer Familie nach ihrer Flucht aus Rumänien gelebt hat, ohne dass du jemals einen Fuß dorthin gesetzt hättest, es sind die Bilder, die du gesehen hast, als die Mutter vom *Lager*, denn sie sagte und sagt nie anders als *Lager* zu der Flüchtlingsunterkunft bei Ried im Innkreis, in der sie nahezu ihre gesamte Kindheit verbracht hat, als also die Mutter von diesem *Lager* erzählt hat, erzählt hat, wie sie und ihre Schwestern im Winter, wenn sie nachts aufs Klo mussten, zu einem ein Stück weit von ihrer sogenannten *Baracke* entfernten Plumpsklo zu laufen hatten, in dem sie nicht nur vor Kälte zitterten, sondern auch vor Angst, weil sie, deine Mutter oder ihre Schwestern oder alle zusammen, einmal durch das Astloch in der hölzernen Plumpsklowand ein Auge starren haben sehen. Obgleich du dieses Plumpsklo nur aus den auf Drängen von euch Kindern immer wieder erzählten Erzählungen der Mutter kennst, weißt du genau, wie es auf diesem Klo und in der *Baracke* aussah, in der die Mutterfamilie fünfzehn Jahre lang gewohnt hat, und plötzlich siehst du auch wieder das Auge vor dir, deutlich siehst du es, wie es dich aus der Mädchenzimmerdunkelheit heraus anstarrt, und du rufst hilfesuchend den Namen der jüngeren deiner beiden Schwestern, denn die ältere ist noch nicht da, ist, wie so oft in letzter Zeit, bei ihrem Freund geblieben. Ein verschlafenes Grunzen antwortet dir. Ob sie das Auge auch sieht, fragst du die Schwester, aber sie sieht es nicht, nichts sieht sie, *Was du immer hast*, murmelt ihre Stimme, dann murmelt sie nichts mehr. Das Auge ist jetzt verschwunden, so plötzlich wie es gekommen war, und du grübelst noch eine Weile darüber nach, was schlimmer ist: etwas wahrzunehmen, das andere nicht wahrnehmen, oder umgekehrt: Alle reden von etwas, das angeblich vorhanden ist, nur du kannst es weit und breit nicht entdecken, weißt nicht einmal so genau, wovon die Rede ist. Du kommst zu keinem Ergebnis. Der Schlaf überholt dich und deine taumelnden Gedanken.

Die Tante, die sich *kein Blatt vor den Mund nimmt*, will ein Mädchen aus dir machen.

Dass du weder dein Haar kurz noch Hosen tragen, auch nicht auf Bäume klettern oder mit den Nachbarsbuben Fußball spielen sollst, ist dir an jeder ihrer Gesten ablesbar, die sie, da sie sich doch *kein Blatt vor den Mund nimmt* und ihr auch niemand eines davorhält, wie du bedauerst, mit spitzen Äußerungen über dein unmädchenhaftes Verhalten verdoppelt. Zu deinem Namenstag, obwohl ihr Namenstage nicht feiert, hat sie dir ein Geschenk mitgebracht, ein aufwendig verpacktes Stick-Set mit einem Haufen Sticknadeln und Garnen in verschiedenen Farben. Auf dem Deckel ist ein Foto von einem stickenden Mädchen mit Schleifen im Haar. So möchtest du nie werden. Die Tante durchbohrt dich mit ihrem empörten Blick. *Mit so etwas soll sich ein Mädel beschäftigen*, fordert sie in einem Ton, als ginge es um ein ihr persönlich angetanes Unrecht, das gesühnt werden muss, ihre Lippen sind schmal, schmäler noch als sonst, die Mutter lächelt zögerlich und schenkt ihr Kaffee nach. Du murmelst ein kaum hörbares *Danke* und schleuderst das Stick-Set im Mädchenzimmer umgehend unter dein Bett, damit du es nicht mehr sehen musst, du hasst Handarbeiten wie die Pest, in der Schule magst du nur Werken, und bestimmt weiß das die Tante längst, deshalb hat sie dir das öde Stick-Set ja geschenkt. Also wirst du es doch tun, das haben sie jetzt davon. Du wirst dir das Spielzeugmaschinengewehr von dem Brüderpaar ausborgen, wenn es dir deine Mutter auch verboten hat, ein Umstand, an den du nicht gewöhnt bist, verbietet dir die Mutter doch sonst kaum jemals etwas, nur das Spielzeugmaschinengewehr, das hat sie dir strengstens untersagt, du kannst dich nicht erinnern, dass sie sich jemals zuvor so heftig gegen irgendetwas ausgesprochen hat wie gegen dieses Spielzeugmaschinengewehr, das so herrlich rattert, wenn man auf den Abzug drückt. Jetzt willst du es haben. Sofort. Und du hast schon einen Plan: Zwei Stockwerke runter und anläuten, dem Brüderpaar alles erklären, wieder hinauf und möglichst unbemerkt, vorbei an der Kaffee- und Kuchenzone mit Tante und Mutter, auf den Balkon und die gelbe Wäscheleine hinunterbaumeln lassen, bis in den ersten Stock. Dann ziehen und schon hältst du das Spielzeugmaschinengewehr in Händen. Losbinden.

Sicherheitshalber machst du die Balkontür hinter dir zu, dann ballerst du ein bisschen in der Gegend herum, auf dem Balkon und über die Brüstung, in Richtung Fallschirmspringer am Baum, aber immer höllisch aufpassen, dass Mutter und Tante nicht in die Nähe kommen und dein Treiben entdecken. Verbotenes Rattern in die Luft. Ein Genuss ist das. Und wie gut, dass jetzt jemand, und es muss die jüngere deiner beiden Schwestern sein, denn die Brüder können ABBA nicht ausstehen, im Bubenzimmer ganz laut Musik aufdreht (nanana DÄNTZ WIESO HANNI naananana FANNI ...!) und damit dein Maschinengewehrrattern übertönt, so kann es die Mutter drinnen im Esszimmer schon gar nicht hören. Wenn die wüsste, was du hier tust, denkst du und gluckst vor Vergnügen, aber du willst den Bogen nicht überspannen, du bindest, nachdem du eine Weile in alle Himmelsrichtungen geschossen hast, das Spielzeugmaschinengewehr wieder an die Schnur und rufst die Namen der Brüder im ersten Stock, damit sie es wieder in Empfang nehmen können. Aus Leibeskräften musst du schreien, damit du gegen die Musik aus dem sperrangelweit geöffneten Bubenzimmerfenster eine Chance hast (TECKIT ISI TECKIT ISI nana SCHOU DAUN GÖR nana WEH TU GOU, nana nana na ...!).

Das Brüderpaar hat dich gehört. Während du das Gewehr behutsam hinabgleiten lässt, fällt dir ein, wie ihr in den vergangenen Ferien in Ungarn nachts mit dem Jeep durch die steppenartige Wildnis geholpert seid, alle von Kopf bis Fuß mit Gelsenspray einbalsamiert, sogar im Gesicht, und der Onkel mit einem Gewehr immer dorthin geschossen hat, wo zwei Augen in der Dunkelheit aufgeglüht sind, in leuchtendem Gelb oder Orange, und wenig später schon zwei tote Hasen lang gestreckt zwischen euch auf dem brummenden Jeepboden, noch warm das Fell, aber die Augen verglüht. *Njuul* nennen die Ungarn den Hasen, und dieser weiche Name mit dem langen U lässt dir die Tiere noch zarter und schutzbedürftiger erscheinen als dir ein Hase jemals zuvor erschienen ist. Ein *njuul* hat auch ein weicheres Fell als ein Hase. Mehr spürtest du die toten Tiere in der Dunkelheit als du sie sehen konntest, und eure Köpfe pumperten noch ein paarmal gegen das Jeepdach, während der Onkel mit euch über Stock und Stein rumpelte, um noch mehr Tiere abzuschießen, wozu, das fragtest du dich. Deine um ein Jahr jüngere Cousine saß mit dir hinten, auf der anderen Seite der Hasen, und klammerte sich an ihr Ein und Alles, ihren schmutzig weißen Kuschelhasen *Njuulika,* der keine Ohren mehr hat und mehrere Nähte am Kopf, sogar an den See zum Baden nimmt sie ihn mit, aufs Klo und überallhin, und was für Schrei- und Weinkrämpfe das gibt, wenn sie ihn einmal nicht finden kann, das hast du schon miterlebt, dass zwei echte Hasen jetzt tot waren, noch dazu direkt neben euch, schien sie nicht weiter zu beschäftigen. Zwischen dem verhätschelten Kuschelhasen und den echten, aber jetzt totgeschossenen Hasen tat sich eine Kluft auf, die du in deinem Kopf nicht zusammenkriegst, so wie du jetzt, wo das Spielzeugmaschinengewehr beinahe bei seinen Besitzern angekommen ist, in deinem Kopf nicht zusammenkriegst, dass dich deine Mutter einerseits mit dem Onkel echte Lebewesen ermorden fahren lässt, dir andererseits aber ein Spielzeugmaschinengewehr, das keine Fliege, nicht einmal die Luft töten kann, aufs Strengste verbietet. Die Brüder binden ihr Gewehr von der Wäscheleine und du ziehst die leere Leine schnell hoch. Und dabei wunderst du dich darüber, dass die vielen verschiedenen Momente dieser langen ungarischen Jagdnacht des vergangen Sommers in der sekundenkurzen Spanne, in der du gerade das Gewehr hinuntergelassen hast, haben Platz finden können und dass sie also in deiner Erinnerung zu so einer kompakten Kugel zusammengeschmolzen sind. Ob es daran liegt, dass du dich nicht der Reihe nach erinnerst, sondern an alles gleichzeitig? Und ob also in der Erinnerung genau das möglich ist, was du dir immer wünschst, wenn du sprichst, vor allem dann, wenn der Hut brennt oder etwas Überwältigendes passiert ist, nämlich alles auf einmal sagen zu können, mit einem Satz oder einem einzigen Wort, Zackbumm anstatt Blablabla, und dabei die Wortperlen geduldig auf eine Schnur zu fädeln und dann auch noch die Perlenketten als linealgezähmte Zeilen untereinanderzulegen, bis der Alarm in deinem Inneren erstickt ist?

Drinnen ist die Tante dabei, sich zu verabschieden, du gibst ihr brav dieselbe Hand, die eben noch, völlig unmädchenhaft, ein Spielzeugmaschinengewehr gehalten hat, und versprichst mit einem kaum sichtbaren Nicken, ihr bald die Früchte deiner durch sie geweckten Sticklust zu zeigen.

Dieses Mal will die ältere deiner beiden Schwestern auf der Kawasaki mitfahren, obwohl die Mutter dagegen ist. Ihr Freund, der werdende Vater und Tennistrainer, kommt kurz noch zu euch herauf, weil er dir versprochen hat, den Fallschirmmann vom Baum zu holen. In einer Sporttasche hat er viele

Tennisbälle mitgebracht, und einen nach dem anderen schleudert er nun vom Mädchenzimmerfenster aus in Richtung Fallschirmmann, trifft sogar ein paarmal und jedes einzelne dieser Male kommentiert deine Schwester mit einem herausgehauchten *Steil!* Der Fallschirmmann baumelt wild, bleibt aber hängen. Auch du darfst es probieren, fühlst jedoch, während du zielst, dass du nur zur Hälfte treffen willst, deine andere Hälfte will nicht treffen, so gut befreundet bist du mittlerweile mit dem silbernen Plastikmännchen, das jeden Tag dort unter den Lumpen seines verwelkten Schirmes auf Höhe deiner Augen hängt und dir anzeigt, ob draußen, in der Wirklichkeit, der Wind geht oder nicht. Dann sind die Tennisbälle aufgebraucht und die Schwester und ihr Freund machen sich auf den Weg werweißwohin. Seidenweiche Abschiedsgrüße und weg sind sie. Dieses Mal gibt es nichts zu warten, sie wird nicht zurückkommen. Und doch, während du am offenen Fenster stehst und dem Fallschirmmann beim Denken zusiehst, hast du das Gefühl, zu warten, wenn du auch nicht wüsstest worauf, ja, wenn du nachdenkst, wartest du eigentlich immer, dein ganzes Leben schon, immer auf etwas anderes, darauf, dass jemand zum Spielen anläutet, dass die Geschwister nach Hause kommen, auf den *Grüß-*

teich, wenn der Vater heimkommt, um darin nach dem Schlüssel für die Wortschatzkiste zu tauchen, auf deinen Geburtstag wartest du, auf Weihnachten und Nikolaus, Ostern und die Sommerferien, ja, auch auf sie hast du das ganze Schuljahr über gewartet, als könnten sie dich von etwas erlösen, auch vom Warten erlösen, wie leichtgläubig und dumm du doch gewesen bist, sagst du dir jetzt, am offenen Mädchenzimmerfester stehend und den Fallschirmmann betrachtend, der dir, wie fast immer, seit er da hängt, sein Profil zudreht und so noch nachdenklicher aussieht als von vorne, auch er wartend, wie dir plötzlich zu Bewusstsein kommt, dein eigenes Warten spiegelnd, so bist du nicht allein mit deiner Warterei, hast einen Wartegefährten, der mit dir wartet, er auf seine Befreiung aus dem Geäst, du auf Verschiedenes oder letzten Endes doch immer dasselbe, du weißt es selber nicht so genau.

Die *Wäit Wotschers* sind keine Popband und sie sehen auch nicht so aus wie die Typen vom *Kwien*-Poster mit Haaren auf der Brust. Sie machen auch keine Musik. Die *Wäit Wotschers* sind zwei Damen im Alter deiner Mutter, von denen die eine deine Mutter auf eine Waage stellen heißt und seufzt.

Die andere steht in einem Zimmer mit vielen Sesseln, auf denen, als du mit deiner Mutter eintrittst, schon einige Frauen und ein einzelner Mann sitzen. Du bist nicht katholisch und warst noch nie bei einer Beichte, aber so, denkst du dir, könnte es dabei zugehen. Die Leute auf den Sesseln erklären, warum sie was gegessen haben, und machen dabei verlegene oder schuldbewusste Gesichter, die *Wäit-Wotscher*-Dame ein überaus freundliches, aber ihre Stimme ist streng, darüber kann dich ihr perfektes Lächeln nicht hinwegtäuschen. Essen ist Sünde, musst du dir denken. Die Frau neben deiner Mutter sagt, dass man halt auch immer das aufisst, *was die Kinder übrig gelassen haben.* Also bist möglicherweise auch du, die so selten ihren Teller leer isst, eine Sünderin und trägst mit Schuld an der Schuld deiner Mutter, die ihrerseits etwas laut in die Runde hineinsprechen muss, du aber hörst gar nicht mehr zu, der Sessel ist so hart und dir ist noch immer speiübel von der langen Fahrt in der sommerheißen Straßenbahn, du willst nichts wie weg hier und raus an die frische Luft und dein Gefühl sagt dir, dass es deiner Mutter gerade ganz ähnlich geht.

Abends kommt der Vater mit einer großen Kühltasche nach Hause. Ein Kunde, der ein eigenes Gasthaus hat und sich wegen einer größeren Reparatur zu Dank verpflichtet fühlte, hat ihm diese Kühltasche geschenkt, sie ist randvoll mit Eislutschern verschiedener Sorten, die du alle aus der Werbung kennst, von denen du aber fast nur die bis maximal vier oder fünf Schilling schon einmal gegessen hast. In der Kühltasche aber liegen, vermischt mit den billigen Eissorten, die du kennst, auch die teuersten, die auf den Schautafeln mit den Preisen immer ganz oben abgebildet sind, und das in einer solchen Überfülle, dass dir die Augen übergehen, die sind jetzt wirklich alle für euch, die könnt ihr jetzt essen, ohne etwas dafür zu zahlen, ohne zu zählen, was geht sich aus, was geht sich nicht aus mit den Schillingen und Groschen, die man in der schwitzenden Hand hat. In der Tiefkühltruhe ist glücklicherweise nicht genug Platz für den Inhalt so einer großen Tasche, weshalb ihr euch unverzüglich ans Eisessen macht, Abendessen hin oder her. Alle sieben kramt ihr hastig, damit euch nicht alles davonschmilzt, jeder soll mindestens zwei verdrücken, besser noch drei, sagen die Geschwister, das ist das Minimum, damit der Rest in den Tiefkühler passt. Es ist wie im

Schlaraffenland. Du suchst dir als Erstes ein Paiper (das weiße mit den roten Streifen) aus, das so verführerisch quietscht, wenn man den Plastikstiel nach oben schiebt, damit das Eis aus dem Becher schauen kann (aber nicht zu fest darfst du schieben, sonst fällt dir das ganze Eis auf den Boden, sagen die anderen), danach planst du, einen Disco-Nogger in Angriff zu nehmen und als Krönung ein Wassereis, entweder ein Enterprise oder einen Max-und-Moritz-Doppellutscher, den du heute garantiert nicht mit der jüngeren deiner älteren Schwestern teilen wirst, du kannst dich nicht entscheiden, aber du bist ja auch noch nicht einmal bei der Hälfte von deinem Paiper angelangt. Für eine Weile raschelt und schmatzt es nur in eurem Esszimmer, vom Bubenzimmer her diese helle Elfenstimme, die steigt und fällt (EIS IS HIE! SITZ HIE-A, KÄ-VIE-A, KAMM HOU MEI, SOU KOU HOHO-HOU …!), aber *Käit Busch* mag sie einfach nicht, muss sie zugeben, sagt die Mutter. Brudergrinsen. Deine geschwollene Nase schmerzt und an deinem linken Arm juckt dich ein Gelsenstich, aber mit dem Eis in der Hand kannst du dich nicht gut kratzen. Die Hitze des Tages hängt noch in eurer Wohnung und macht das Jucken noch schlimmer, doch es ist dir egal, du schleckst, was das Zeug hält, sogar der Vater, der Süßigkeiten nicht mag, beißt gerade von einem Eis ab, wie ein Brot isst er es, wahrscheinlich, sagst du dir, weil ihm die Übung fehlt im Eisessen. Es ist ein Fest. Jedes Eis haben können, das man haben will. Und dann ein zweites, ein drittes. Zerknüllte Verpackungen auf dem Tisch. So muss es sein, denkst du dir, wenn man reich ist, so fühlt sich das an. Du nimmst das nächste Eis und drückst es, noch in der Verpackung, an deine Nase.

EINS

Die Mutter hat gedrängt, ihr sollt noch einmal die Großmutter und den Großvater, also ihre Eltern, besuchen fahren, bevor ihr nach Ungarn abreist, und obwohl er nicht so gern Auto fährt und sich sowohl seine Kräfte als auch sein bisschen Geduld lieber für die bevorstehende lange Urlaubsfahrt aufheben will, hat der Vater sich breitschlagen lassen, denn erstens hat die Mutter keinen Führerschein und zweitens der ausgleichenden Gerechtigkeit halber, wie ihm die Mutter zwischen den Zeilen ihrer als Bittrede getarnten Forderung vermittelt hat, zwei Wochen bei den ungarischen Verwandten, da ist ein Nachmittag bei ihren Eltern in Ried im Innkreis das Mindeste und sowieso ein Tropfen auf den heißen Stein, so die Mutter.

Alle deine Geschwister fahren mit, was bei anderen Ausflügen selten vorkommt, weil sie die Großmutter lieben, ja vergöttern, denn die Großmutter badet sich und andere in ihrem Humor, sobald man über ihre Schwelle tritt, sodass das ganze Haus vor Lachen zittert. Und wenn sie den großen Geschwistern kurz vor dem Abschied ein wenig Taschengeld in die Hand drückt, tut sie das stets mit den Worten *Versorg dir das,* und es gibt niemanden sonst auf der Welt, der das sagt. Deine Geschwister zitieren die inselhaften Großmutterworte mit größtem Vergnügen und imitieren Tonfall und Sprechweise der Großmutter, ihr seltsam entrücktes Deutsch mit seinen siebenbürger-sächsischen, also *soksischen* Einlagerungen, auch jetzt auf der Hinfahrt üben sich die Geschwister in der Großmuttersprache, als eine Art Vorgeschmack auf den bevorstehenden Besuch bei den Großeltern und deinem Cousin, der eine Etage über den Großeltern wohnt und den du als friedfertigen und einfallsreichen Spielkameraden schätzt, der allzeit bereit ist, sich mit dir in das nächste Abenteuer zu stürzen, bevorzugt in ein verbotenes, aber immer mit Augenmaß und größtem Geschick. Dass die angezündete Wiese hinter dem Haus keine Absicht, sondern etwas war, das dem Cousin passiert ist, davon bist du überzeugt, wenn du es auch nicht selbst hast miterleben können, wart ihr doch ausgerechnet an diesem Wochenende nicht bei den Großeltern gewesen, jedenfalls, hat man sich erzählt, soll es eine besondere Herausforderung für die Feuerwehr gewesen sein, diese im großelterlichen Garten hinter dem an einen Hügel gebauten

Haus und daher hoch gelegene sowie steil ansteigende und schwer zugängliche Wiese zu löschen. Etwas mehr als eine Stunde Fahrt braucht ihr in die Großelternundcousinstadt Ried im Innkreis, weit genug, um den Vater nervös sein und eine Zigarette nach der anderen rauchen zu lassen, was deine Übelkeit bis zur Unerträglichkeit steigert, nur der Fischgeruch der Anglersachen des Vaters ganz hinten im Wagen hält dich, so scheint es dir, vom Schlimmsten ab, das Auto vollzukotzen nämlich, und du klammerst dich an diesen Fischgeruch als den guten, den natürlichen, naturdurchtränkten, im Gegensatz zu allen anderen dich in diesem Auto umgebenden Gerüchen und Gestänken einerseits und an den schmalen offenen Fensterspalt andererseits, durch den der Fahrtwind deinen kurzen Haarschopf zerstrubbelt, als wollte er dich trösten: *Bald sind wir da …*

Sind wir bald da? So oft, kommt dir vor, hast du das auch wieder nicht gefragt, und doch herrscht dich der Vater von da vorne beim Lenkrad an, du sollst die ewige Fragerei lassen, *Wir sind da, wenn wir da sind*, so der Vater, *und aus*. Die Mutter, sie hat im Autoradio einen Sender gefunden, der *ihr* Lied spielt (TI AAAMO! TIAMOTI AAAMOOO!), hält dir gut gelaunt summend einem Pfefferminzkaugummi unter die Nase, immer probiert sie es mit diesem Pfefferminzkaugummi und hat von einem aufs andere Mal vergessen, dass dieser Pfefferminzkaugummi bei dir keine Wirkung mehr erzielen kann, da er, weil du immer nur beim Autofahren Pfefferminzkaugummi angeboten bekommst, längst Teil der Autofahrübelkeitsmisere geworden ist, schon der Geruch von Pfefferminzkaugummi genügt mittlerweile, das Grausen in dir zum Wallen zu bringen, bis in den Hals hinauf, noch weniger helfen dir die Eukalyptus-Zuckerln des Vaters, die deine ganze Mundhöhle brennen lassen wie Feuer. In der Not fordert dich deine Mutter zum Lesen auf, davon aber, obwohl es *Bullerbü* ist, wird dir noch schlechter, weil es unter euch brummt und du die Autoabgase und den Zigarettengestank nicht einfach ausblenden kannst, sie schnüren dir die Kehle zu, sitzen längst im ganzen Körper, in jeder einzelnen deiner Zellen und auch überall außerhalb von dir, so kommt es dir vor, muss es dir vorkommen, nur hinausspringen würde helfen, sich durch den schmalen Fensterspalt hindurchzwängen wie ein Barbapapa und schwupp, weg und in Freiheit wärest du und könntest wieder atmen, tatsächlich hilft dir diese Vorstellung ein wenig und wenn so ein bisschen

Fantasie schon hilft, wie muss dann erst eine große Portion davon wirken, sagst du dir, und du packst, während die Geschwister auf den Rängen hinter dir Unsinn schwätzen und dich auf ein Zeichen der Mutter hin mit Kleinkindergeschichten und Witzen, die du nicht verstehst, bei Laune zu halten versuchen, packst du also dein Kinderbuch-Manuskript und einen Bleistift aus, in der Absicht, der ersten dreiviertel Seite noch unzählige weitere Seiten und Kapitel folgen zu lassen, kaum aber hast du das alte Schulheft ausgepackt, wollen die Geschwister wissen, was du da machst, und weil du nicht willst, dass sie dir dein unfertiges Werk entreißen, ihre Nasen hineinstecken und womöglich darüber lachen, musst du es wieder einpacken. Augenblicklich meldet sich die Übelkeit zurück, bleibt also nur noch Ausdemfensterschauen, auf Felder und Verkehrsschilder am Straßenrand, die so schnell vorbeihuschen, dass du mit dem Lesen nicht nachkommst, du fragst dich, wie der Vater es schafft, in dem Tempo den richtigen Weg zu finden und ob ihr euch nicht doch verfahren habt, weil es gar so lange dauert, wie immer alles lange dauert, wenn es von Erwachsenen in Angriff genommen worden ist. *Das kann ja was werden, wenn wir zehn Stunden nach Ungarn fahren*, muntert dich die jüngere deiner beiden Schwestern auf, *aber da*, sagt die Mutter, *fahren wir über Nacht und da wird sie dann schlafen.* Jetzt aber bist du wach. Warten und Luft anhalten. Dich mit den Fingerkuppen in den Oberarm zwicken, bis man die Abdrücke sieht. Hinausschauen. Hören, wie die anderen wegen dem Radiosender streiten. An den Cousin denken. Warten.

Bei den Großeltern gibt es *Krie Labet* als Vorspeise, Krensuppe aus Siebenbürgen, die kennst du schon, leider, sie schmeckt dir nicht, ist unangenehm säuerlich, und nun, wo du dich eben erst von der Reiseübelkeit erholt hast, sollst du sie essen. Der Großvater spricht ein kurzes Tischgebet, dann halten sich alle an den Händen und die Großmutter sagt ihr *Fröhlichseidasmittagessengutenappetit*, danach klatschen alle einmal in die Hände. Rund um dich beginnt man, kleine Weißbrotstücke in den jeweiligen Suppenteller zu tunken, die, wenn sie sich vollgesogen haben, besonders gut schmecken sollen. Beim Anblick der in siebenbürgischer Krensuppe schwimmenden Brotstücke kommt dir plötzlich *Dick und Doof* in den Sinn. Mit einem Mal dämmert dir, was Ollie mit seiner *eingebrockten Suppe* gemeint hat, genau so nämlich, daran besteht kein Zweifel, sieht eine *eingebrockte Suppe* aus, und du fragst dich, warum ausgerechnet du die jetzt auslöffeln solltest. Du weigerst dich standhaft, also isst die Mutter deine Suppe für dich. Was danach auf den Tisch kommt, das Gulasch, ist nur der möglichst schnell zu überwindende Weg zum Ziel, dem *Kloetsch,* dem beliebten Eierkuchen, den nur die Großmutter backen kann und den sie schon bei eurem Eintreten zur großen Freude und zum Jubel deiner Geschwister angekündigt hat. Hinuntergespült werden können die paar Bissen Übergangsessen mit dem Birnensaft der Großeltern, der mysteriöserweise nie ausgeht, so oft du auch nachverlangst und dein Großvater dir einschenkt, mit zitternden Händen und seinen immer gebogenen zwei Fingern, dem kleinen und dem Ringfinger, die nicht mehr gerade gehen, weil er als Dachdecker sein Leben lang mit dieser Hand den Hammer gehalten hat, so oft dir also diese Großvaterhand Birnensaft einschenkt, es ist immer noch und noch etwas drinnen in der Flasche, oder hat er eine neue gebracht, als du nicht aufgepasst hast, jedes Mal schwörst du dir, ihn nicht aus den Augen zu lassen, denn bisher ist es noch bei jedem Besuch so gewesen, dass der Birnensaft nicht ausgegangen ist und du dich gefragt hast, ob der Großvater, ohne dass du es bemerkt hast, vielleicht aufgestanden ist oder ob die Großeltern tatsächlich Besitzer von Birnensaftflaschen sind, die wie nie versiegende Quellen funktionieren, und also Zauberflaschenbesitzer, deine Großeltern. Während die Großmutter in ihrer heiteren Art mit deinen Geschwistern herumwitzelt und so ihr bescheidenes Wohnzimmer mit Gackern und Kichern füllt, bleibt der Großvater sicherheitshalber im Schlupfwinkel seines eigenen Schweigens. In dieses Schweigen hat er schon vor langer Zeit, wie du aus diesen und jenen Andeutungen der Großen schließen konntest, ein dunkles Geheimnis verpackt und dieses Geheimnis hat mit dem Krieg zu tun. Nur hin und wieder, egal wovon gerade die Rede ist, murmelt er sein *Jaja, das ist gut* in sich hinein. Unter der Aureole der Großmutter verschwindet er beinahe. Erst als es Zeit für den Kakteenstreit ist, tritt er, freilich in wenig glorioser Rolle, wieder in Erscheinung, denn der Großvater sammelt Kakteen aller Größen und Arten, und die sind, neben seiner Champignon-Zucht im Keller, sein ganzer Stolz, und endlich, endlich sind nun also wieder Gäste da, denen er seine Kakteen zeigen kann, doch wie bei jedem Besuch greift dein Cousin, der, angezogen vom Duft der eben aufgetragenen *Kloetsch*, nach unten und also endlich zu euch gekommen ist, mit seiner ganzen Hand auf einen Kaktus und brüllt wie von Sinnen. Die Tante und der Onkel müssen herbeispringen und, wie bei jedem Besuch, die Kaktusstacheln aus der Cousinhand ziehen, und die Großmutter muss den Großvater einen *Katzenkopf* schimpfen und ihn, wie bei jedem Besuch, strengstens anweisen, seine Kakteen auf den Dachboden zu verbringen, danach muss als besonderes Extra dieses Besuchs, anders als bei bisherigen Besuchen, die Tante mit deinem Cousin zum Arzt fahren, weil ein Stachel im Daumen geblieben ist und sich, auch mit einer Pinzette, nicht herausziehen lässt, du fährst selbstverständlich mit, um zu überwachen, dass dir dein Spielgefährte nicht abhandenkommt, indem man ihn etwa dortbehält, hörst ihn hinter der Doktortür noch lauter brüllen als im Großmutterwohnzimmer, bevor er mit angeblich aufgeschnittenem, nun aber verbundenem Daumen und hochrotem Gesicht aus dem Behandlungszimmer tritt und ihr die Heimfahrt zu eurem nächsten Abenteuer antreten könnt.

Im Tantenauto fahren und *Traumzucker* essen, ihn auf der Zunge zergehen lassen. Dir ist kein bisschen schlecht. Fast dein ganzes Leben lang, genau genommen bis du lesen konntest, hast du gedacht, dass es *Traumzucker* heißt, nicht Traubenzucker. Und mit dem *Traumzucker* ist es so, dass er sich, sobald man ihn gegessen hat, innen über die Träume legt wie frisch gefallener Schnee auf die Bäume, dann werden die Träume gut, ja, man träumt sogar die Träume, die man sich wünscht. Die Regel ist aber, dass man den *Traumzucker* nicht zerbeißen darf, sondern ihn eben wie Schnee im Mund zergehen lassen muss, erklärst du dem Cousin, denn der Cousin ist einer, dem man so etwas ruhig erzählen kann und der seinerseits mühelos mit ein paar eigenen falschen Wörtern aufwarten kann: *Folgschule* statt Volksschule, der Cousin malt ein F in die Luft, und weiters *Spiegeleis* statt Spiegelei oder *Lederfurz* statt Leberwurst, beides isst der Cousin nicht, weil das Spiegelei nicht nach Eis schmeckt und die Leberwurst wie ein Furz aussieht und *wahrscheinlich sicher* auch so schmeckt, behauptet der Cousin. Dir fehlt die Erfahrung mit Leberwürsten, allerdings, kombinierst du im Stillen, könnten Leberwürste zu den Dingen gehören, von denen du gerne hättest, dass sie dir schmecken, bloß weil der Name so vielversprechend klingt und von einer gewissen literarischen Aura umgeben ist, denn essen sie nicht auch in Bullerbü Blut- und Leberwurst, du musst nachlesen. Ganz ähnlich verhält es sich mit den Salzgurken, die deine Großmutter in ihrer Speisekammer in einem kleinen Fässchen stehen hat. Sie schmecken scheußlich, so scheußlich sauer und salzig, dass es dir alles zusammenzieht, wenn du in eine hineinbeißt, und doch wünschst du dir, sie würden dir schmecken, weil dir der Name und auch schon die bloße Idee, eine Salzgurke zu essen, gefallen, dir gefallen auch das Holzfässchen und die dunkle Ursuppe, in der sie schwimmen, die hölzerne Zange, mit der die Großmutter die Gurken herausfischt, die alterslangsame, aber eifrige Art, in der sie das bewerkstelligt, du liebst auch den Geruch, der sich seinerseits mit den vielen anderen Essensgerüchen und dem Geruch nach feuchtem altem Holz, nach Moder und Dingen, die du vielleicht gar nicht kennst, in dieser Speisekammer vereint, und diesen eigentümlichen Großmutterspeisekammerngeruch kannst du nur hier riechen, er gehört tausendprozentig zu deiner Großmutter und dem rätselhaften Land, aus dem sie ihre rätselhafte Sprache wie einen Faden von dort nach Ried im Innkreis herübergespannt hat. Dein Cousin und du, ihr schleicht euch nach eurer Rückkehr vom Arzt heimlich in die Speisekammer, um dort direkt aus dem Einmachglas von der selbst gemachten Großmutterzwetschkenmarmelade zu schlecken, und wenn euch die gierig verdrückten *Kloetsch*-Stücke noch so schwer im Magen liegen, immer habt ihr es so gemacht und so macht ihr es auch jetzt, der Cousin dieses Mal mit links, damit der Verband auf seiner Rechten nicht schmutzig wird. Plötzlich, ihr habt sie nicht kommen gehört, steht auch die von ihrem Mittagsschlaf erwachte Cousine, die kleine Schwester deines Cousins, die als Spielgefährtin nicht infrage kommt und also für dich kaum existiert, bei euch in der Speisekammer und stellt ihre lästigen Fragen, die ihr schleunigst zu unterbinden versucht, indem ihr sie zum Zwetschkenmarmelademitschlecken auffordert, eine Einladung, der sie nur allzu gerne nachkommt, innerhalb von kürzester Zeit ist ihr Gesicht bis zur Stirn hinauf mit Zwetschkenmarmeladetupfen bedeckt. Du rätst deiner Cousine, sich waschen zu gehen, weil sie euch sonst verraten würde, und alle drei schleicht ihr ins Badezimmer, das praktischerweise gleich neben der Speisekammer liegt, aber die Cousine will sich das Gesicht weder waschen noch waschen lassen, windet sich und ruft *Kannst du mich in den Spiegel schauen?* und immer wieder: *Kannst du mich in den Spiegel schauen?*, aber nein, das könnt ihr nicht, der Großmutterspiegel hängt zu hoch und einen Erwachsenen um Hilfe bitten ist kein gangbarer Weg, also lasst ihr die Cousine stehen, wo sie ist, soll sie doch sehen, was sie von ihrem Dickkopf hat.

Jetzt müsst ihr euch aber beeilen, wenn ihr all eure Lieblingsorte noch abklappern wollt, der Ausflug zum Arzt hat ein großes Stück vom Besuch abgezwackt, und der Vater hat, wie immer als Erster, am Kaffeetisch die furchtbaren Worte vom Zurückfahren ausgesprochen. Also stürzt ihr hinauf, in den hoch gelegenen Garten mit der schiefen Wiese, auf der die Zwetschkenbäume stehen. Schnell, schnell rauf auf die Bäume, übrig gebliebene Zwetschken kosten und sagen, dass man die Marmelade bevorzugt, spielen, dass die Bäume Schiffe sind und die Wiese ein Meer, übers Gras rutschen zu Großvaters Hasenstall mit seinen lebendigen Hasen hinter den großmaschigen Stalltüren, sie herausnehmen, streicheln und den einen davonhoppeln sehen, ihn nicht wieder einfangen können, laufen und schwitzen, hinunterschauen, in die tödliche Tiefe der Schlucht, die das Haus von dem Hang trennt, in den es hineingebaut ist, ein paar Steine hinunterwerfen und aufschlagen hören und über das schmale Brücklein, also über die Todesschlucht, zurück ins Haus und den Großvater rufen wollen, dann aber noch einmal umkehren und es doch selber schaffen, den Hasen wieder einzufangen, triumphierend den Käfig zumachen, Spucke auf das aufgeschlagene Schienbein, den in Fetzen flatternden Verband wieder auf den Cousindaumen binden und die zerkratzten Finger in den Mund, Rinde und salzigen Schmutz schmecken und nicht hinhören, als die jüngere der beiden Schwestern kommt und dich zum Aufbruch hineinruft, sich verstecken, im Gestrüpp hinter der Mauer mit dem Efeu, die bis nach unten zum Haupteingang führt, und eben dorthin klettern und purzeln, ganz unten aber fast vor den Vater- und Onkelfüßen wieder hervorkommen, die dort stehen, während weiter oben, in den Männerköpfen, zwei Zigaretten stecken und qualmen. Die Dämmerung muss, während ihr gespielt habt, heimlich herangekrochen sein, denn nun kannst du sie sehen und riechen und du fragst dich, wie es so weit hat kommen können, dass genau das, wovon sonst so viel, ja im Überfluss, vorhanden ist, die Zeit nämlich, plötzlich verbraucht sein soll, fragst dich, wo sie, die Zeit, in der Zwischenzeit hingekommen sein kann und ob es Orte gibt, an denen sie dir schneller durch die Finger rinnt als an anderen. Wenn ja, dann gehört Ried im Innkreis sicher dazu. Die Großmutter sagt ihr gewohntes *Ichfreumichwennihrkommtaberich-freumichauchwennihrwiedergeht* und damit hat es auch mit diesem wie mit jedem Abschied von den Großeltern seine Richtigkeit.

Deine Freundin V. ist zurück, aus Sardinien zurück am Glöcknerweg, leider erst jetzt, so kurz vor eurer Abreise zurück, die Mutter hat sie gesehen, als sie von der Waschküche heraufgekommen ist, ein Wahnsinn, wie viele Koffer und Taschen die gehabt haben und braun gebrannt sind sie, und die Mutter ein paar Kilo zugenommen, ein bisschen fester als vorher, aber das darfst du ja nicht sagen, wenn du unten bist, so deine Mutter. Eilig läufst du ins Mädchenzimmer, du bist noch im Pyjama, und ziehst den Brief, IHREN Brief, von unter deiner Matratze hervor, wo du ihn für diesen Tag bereitgelegt hast. Die gelben Rillen, wie gut sie sich anfühlen. Und wie V. staunen wird. Denn V. ist die einzige, die dich versteht.

Was?, ruft V., ein Brief von Astrid Lindgren? Die weltberühmte Schriftstellerin Astrid Lindgren hat dir geschrieben? Von ihrer Dalagatan in Stockholm aus einen Brief zu uns in den Glöcknerweg? Das ist ja … Und für dieses eine Mal geht auch deiner Freundin V. die Sprache aus. Das ist …, setzt sie noch einmal an und lässt den Satz offen liegen wie ein abgeschnittenes Paar Schienen.

Aber das sagt V. keineswegs. Stattdessen lacht sie ausgiebig über den Straßennamen, dass eine Straße *Dalagatan* heißen kann, findet sie so komisch und bemerkenswert, dass daneben keine Zeit mehr zum Staunen bleibt über das eigentliche Wunder, die Existenz des Briefes an sich, die Tatsache, dass die große Schriftstellerin und Schöpferin von *Bullerbü*, Astrid Lindgren, dir einen Brief geschickt hat, einen an dich persönlich mit einem blauen Kugelschreiber und sehr wahrscheinlich mit den eigenen schriftstellerischen Händen an dich persönlich adressierten Brief. Deine Freundin V. lässt noch ein paarmal kichernd den Namen *Dalagatan* durch ihren Mund kullern, aber so, als würde man ihn mit Doppel-l und Doppel-t schreiben, *Dallagattan, klingt wie Untergatte*, findet sie und wischt sich die Lachtränen aus den Augenwinkeln, V. lacht über alles, hat immer schon über alles gelacht, auch über das Schlimmste, den Tod, auch ihn überschüttet sie mit ihrem Lachen, einem ungenierten und furchtlosen Lachen, und genau das magst du sonst so gern an ihr, nur nicht jetzt, nur nicht, wenn es um den Brief geht und deinen unermesslichen, doch leider von allen dich umgebenden Personen verkannten, wie du mittlerweile erkennen musst, Triumph, die unfassbare Tatsache, dass Astrid Lindgren, die beste Schriftstellerin der Welt, dir von ihrer Wohnung in der *Dalagatan 46*, in Stockholm, Schweden, aus einen Brief in den Glöcknerweg Nummer 57 in Linz-Kleinmünchen geschickt hat, einen Brief mit einer Antwort auf deine Frage, was bedeutet, dass sie den von dir in der allergrößten Euphorie verfassten Brief gelesen haben und dann mit einem ihrer schriftstellerischen Kugelschreiber eine Antwort darauf geschrieben, ein Kuvert gesucht, beschriftet, beschriftet mit deinem Namen und deiner Adresse und auf der Rückseite mit der ihren, der Schriftstellerinnenadresse, den Brief in das Kuvert gesteckt, das Kuvert mit ihrer einzigartigen und daher kostbaren Schriftstellerinnenspucke benetzt und verschlossen haben muss, am Ende noch der Weg in die Trafik, um eine Briefmarke, eine schwedische Briefmarke, zu kaufen, wieder Schriftstellerinnenspucke drauf und dann hinein in einen Stockholmer Briefkasten, auf dass der Brief, also das Kuvert mit dem Brief und den vanillegelben Rillen, ein paar Tage später in Österreich, in Linz-Kleinmünchen am Glöcknerweg ankäme, alles im Grunde ungeheuerliche Vorgänge und beinahe wie aus einem Buch oder Film, doch davon scheint V. nichts zu bemerken, wenn du es ihr auch verständlich zu machen versuchst, das Ungeheuerliche dringt nicht zu ihr durch, prallt ab an ihrer nunmehr karamellbraunen Haut, obwohl sie sich redlich bemüht, dir zuhört und einen interessierten Blick auf den Inhalt des vanillegelben Kuverts wirft, auf deine mit deiner schönsten Schreibschrift verfassten Fragen und die handgeschriebene Antwort von Astrid Lindgren also, so wie ihr jüngerer Bruder als passionierter und akribischer Briefmarkensammler begehrliche Blicke auf die schwedische, mit der Schriftstellerinnenspucke von Astrid Lindgren benetzte Briefmarke wirft, und doch gähnt deine Freundin alsbald und fängt an, von Sardinien zu erzählen, kramt ihre Mitbringsel, eine Plastikflasche mit Sand und Muscheln, raus, Ansichtskarten und Flugzeugerfrischungstüchlein mit Zitronengeruch, der, kaum hat sie es ausgepackt, das ganze Kinderzimmer erfüllt. Längst ist sie woanders, deine Freundin V., schon wieder woanders, auf Sardinien statt in Stockholm, von wo aus die größte Schriftstellerin aller Zeiten dir eine Antwort geschickt hat und so mit dir, ungeachtet des großen Stückes Erde, das zwischen euch liegt, in eine Kommunikation und also Beziehung getreten ist.

Als du nach Hause kommst, schwimmen zwei Karpfen in eurer Badewanne, der Vater hat sie gefangen und die Mutter stellt die Sinnhaftigkeit dieses Fanges infrage, indem sie immer wieder *So kurz vorm Wegfahren!* sagt, der Vater aber findet, dass wir noch mehr als genug Zeit haben, es soll heute Abend panierten Karpfen geben, sagt er, Ja, wenn du ihn machst, sagt die Mutter, Sicher, sagt der Vater, Sicher, sagt die Mutter, darum ist ja die Tiefkühltruhe am Balkon randvoll mit Karpfen, weil du nie was daraus machst, jahrelang im Eis, zig Karpfen da draußen, sagt die Mutter, woraufhin der Vater die Karpfen nach Ungarn mitnehmen will, dort eine Fischsuppe im Kessel kochen, eine echte ungarische Fischsuppe, mit dem Bruder, also deinem Onkel, eine Fischsuppe im Kessel kochen, *Auf keinen Fall!,* ruft die Mutter, *Das verstinkt das Auto,* zehn, zwölf Stunden Fahrt im vollbesetzten VW-Bus mit Kindern, Koffern und Karpfen, das will die Mutter nicht mitmachen, was dich vor allem deshalb wundert, weil euer VW-Bus ohnehin immer nach Fisch riecht, nach dem Kescher und dem aus kleinen Würmern oder Polenta bestehenden Futter für die Fische und nach dem brackigen Wasser, in dem der Vater seine Fische fängt, auch der Pichlinger See gehört zu seinen

Fanggebieten, der See, an den deine Brüder zum Schuleschwänzen fahren und ihr im Sommer ab und zu zum Baden, mit einer Kühltasche voller Essen dabei, und so weißt du genau, wie das Wasser riecht und schmeckt, aus dem diese Fische kommen. Der Fischgeruch in eurem Auto ist der einzig akzeptable Begleitgeruch beim Autofahren, du liebst ihn, so wie du jeden anderen Autogeruch hasst, je neuer das Auto, desto heftiger, speiübel wird dir vom sterilen Kunststoffaroma anderer Gefährte. Essen willst du die Fische trotzdem nicht. Panierte Karpfen sind dir ein Gräuel, nur mit viel Überwindung kannst du ihr weißes Fleisch mit den dunklen Adern und den langen dicken und den unzähligen hauchfeinen Gräten, die man so leicht übersieht, hinunterwürgen. Außerdem schmecken diese vom Vater gefangenen Karpfen, wie du findest, nach Pichlinger See. Wenn du Karpfen essen sollst, hast du das Gefühl, das braune Seewasser in höchster Konzentration zu trinken und umgekehrt schmeckt das Seewasser nach Karpfen, weshalb du es bei aller Natursehnsucht bevorzugst, in der Künstlichkeit des Freibads und also im glasklaren Chlorwasser zu schwimmen.

Die Fische atmen Wasser ein und aus. Eine Weile beobachtest du die zwei Karpfen in der Badewanne, wie ihre Kiemen sich öffnen und schließen, wie sie ihre nervösen Runden drehen in der Enge der Wanne. Sie haben Lippen und einen Bart. Und die Fischmünder werden rund, wenn sie aufgehen, immer runder, wie dir scheint, und bleiben immer länger offen. Der Vater kommt und lässt frisches Wasser in die Wanne, *sonst ersticken sie*, sagt er, und da fällt dir dein wiederkehrender Traum wieder ein, in dem du unter Wasser bist und im ersten Moment glaubst, ersticken und also ertrinken zu müssen, bis du bemerkst, dass du atmen kannst, auch unter Wasser. Dieses Gefühl ist, wie das Fliegen in deinen Träumen, wunderbar, entzieht sich aber wie deine Flugträume jeder wenn auch noch so raffinierten Verkleidung durch Sprache. Wie sich die Schuppen von Karpfen anfühlen, weißt du schon lange, greifst aber auch jetzt wieder nach den Fischrücken, um zu prüfen, ob es immer noch die gleiche glitschig-raue Glätte ist, und das ist es. Später darfst du dem Vater dabei helfen, die Karpfen auf dem Balkon totzuschlagen. Ihr habt dort einen großen Stein liegen, den du selbst einmal auf einem Feld gefunden und dann bemalt hast, ausgerechnet einen Fisch hast du aus ihm gemacht, mit einem Kopf in Ocker und einem hellblauen Körper und schwarzen Schuppen, die du so gemalt hast, wie du sonst immer Dachschindeln malst, viele kleine u hintereinander. Du zögerst keine Sekunde, mit dem schweren Steinfisch auf den echten Fisch zu schlagen, von klein auf ist dir das Fangen und Ausnehmen von Fischen eine vertraute Angelegenheit, deine Lieblingstätigkeit war es bisher, die Fischaugen mit einem Teelöffel aus den Augenhöhlen zu löffeln sowie auch auf die ausgenommene Blase zu steigen, bis sie platzt, jetzt darfst du zum ersten Mal töten. Aber irgendetwas machst du falsch, denn der Vater herrscht dich an: *Nicht so! Du machst ihn ja kaputt!* und nimmt dir ungeduldig den Stein aus der Hand und hält das zappelnde Tier fest, um den Mord selbst zu erledigen und dir zu zeigen, dass du *auf den Kopf hauen* musst *oder ins Genick*, auf keinen Fall aber weiter unten auf den Körper, von dem jetzt die von deinem zarten Schlag kaputtgegangenen und blutig gewordenen Schuppen schlampig aus der Reihe tanzen. Du läufst schnell ins Mädchenzimmer, beleidigt, einerseits weil dir dein Vater das Töten nicht zutraut und du andererseits das Aufeinandertreffen des Harten auf das Weiche als dubios empfindest. Etwas stimmt nicht damit, und du fühlst in deinem ganzen Körper, dass das Töten eine Sache ist, die dir gegen den Strich geht, die dir bis in dein innerstes Innere hinein unangenehm ist, durch und durch, niemals wieder möchtest du mit etwas Hartem auf etwas lebendiges Weiches schlagen.

Im Zimmer hockt die jüngere deiner beiden Schwestern, sie probiert ihr neues Funkgerät aus, *Zekuzeku* spricht sie ein paarmal in das Gerät hinein, aus dem im Großen und Ganzen nur ein ungleichmäßiges Rauschen herauskommt, auch wenn die Schwester behauptet, Stimmen zu hören und dich immer wieder fragt, als wärst du minderbemittelt, ob du *es* nicht auch hören kannst, da reden Leute, beharrt sie, *hör doch, hör*, und tatsächlich hörst du hinter dem Rauschen und Krachen so etwas wie eine Stimme, kannst allerdings kein Wort von dem verstehen, was diese Stimme sagt. Gleich werden sie antworten, *Zekuzeku*, sagt deine Schwester und immer wieder auch ihren Funknamen, ein englisches Wort, das du nicht verstehst, es klingt wie *Pony, Ähm*, du aber hast ohnehin keine Zeit, mit deinen Ohren eine Antwort aus dem Rauschen herauszusieben, du kannst nicht mehr warten, auf nichts und niemanden mehr willst du in diesem Sommer warten, willst jetzt für die Reise packen, holst einen großen Wanderrucksack von unter dem Bett hervor und räumst die Flasche

Wasser, das vertrocknete Brot, das Taschenmesser, Papier, Kugelschreiber, blaues Plastilin, eine leere Kekspackung, ein Pflaster und all die anderen Überlebensdinge heraus, die du für den Kriegsfall darin eingepackt hast, du hast gerüstet sein wollen, wenn es losgeht, und es kann jeden Tag losgehen, hast du gedacht und denkst es immer noch, so sehr stecken dir die Kriegs- und Nachkriegsgeschichten deiner Eltern und deren Eltern in den Knochen, und dann wirst du die Einzige sein, die rechtzeitig an das Wichtigste gedacht hat, für die Ferien in Ungarn genügen allerdings ein paar sommerliche Kleider aus deiner Kommode, die du in den Rucksack stopfst, ohne sie zusammenzulegen. Handgriffe, die dich daran erinnern, dass du dich, als du kleiner warst, beim Anziehen in regelmäßigen Abständen über die Tatsache gewundert hast, dass deine Kleider schon wieder geschrumpft waren, wie dumm du damals doch gewesen bist, denkst du nun, und unwillkürlich entfährt dir ein Lachen. Die Schwester, die in ihrem Funkrauschen noch keine funktionierende Verbindung zu einem Funkpartner hat herstellen können, fragt misstrauisch nach dem Grund deines Lachens und nachdem du es ihr erklärt hast, bezeichnet sie dich sinngemäß als Dummkopf, was du ihr übel nimmst, weil die

Dummheit, die man von anderen zugeschrieben bekommt, immer eine größere und gemeinere ist als die, die man sich selbst zuschreibt, woraufhin du ihr das Funkgerät zu entwenden versuchst, dessen Antenne bei diesem Versuch abknickt und bricht. Bevor sich deine Schwester schreiend auf dich werfen und unter ihrem pummeligen zwölfjährigen Körper zermalmen kann, flüchtest du in den Schutzradius deiner Mutter, in dem die abgebrochene Antenne für dich garantiert keine unangenehmen Konsequenzen haben wird und so ist es dann auch. Wutschnaubend dampft die jüngere deiner beiden Schwestern zu einer kinderreichen Familie im ersten Stock ab, jetzt kannst du endlich deinen Rucksack in Ruhe fertig packen. Zuletzt die von der größeren deiner beiden Schwestern in der Bücherei für dich verlängerten *Bullerbü*-Bücher hinein und zuschnüren, aber dann auch gleich wieder aufschnüren, weil du die Bücher ja noch anschauen und lesen willst bis es losgeht, vielleicht noch ein Bild abzeichnen, eine der Zeichnungen von Ilon Wikland, in denen du dich, seit du sie kennst, viele Stunden aufgehalten hast, so gut kennst du dich darin aus, dass du über ihre Ränder schauen kannst und weißt, wie der Rest von Lisas Zimmer aussieht, auch wenn er auf dem Bild nicht zu sehen ist. Du kennst die Flickenteppiche, die Kommoden, die nackten Kinderfüße mit den abstehenden großen Zehen, die einander ähnelnden Gesichter der Kinder mit ihren Steckdosennasen, die Kleider, die Wollmützen und Schuhe der Kinder und all ihre Lieblingsplätze, Felsengebirge, Wald und Heuschober, und auch jene, von denen es gar keine Zeichnungen gibt. Und doch brauchst du die vorhandenen Bilder, um dir das Drumherum zu imaginieren. Ohne die Bilder wären die *Bullerbü*-Bücher keine *Bullerbü*-Bücher und Bullerbü wäre nicht Bullerbü. Du liebst es, beim Lesen einer Geschichte innezuhalten und dich in ein Bild zu versenken, diese Pausen sind notwendig, damit die Geschichte weitergehen kann, und mit Grauen denkst du an die trostlosen Erwachsenenbücher, von denen die meisten, die du in deinem Leben durchgeblättert hast, nicht eine einzige kleine Illustration enthielten, die Seiten meist eng und klein beschrieben, so muss es also sein, wenn man erwachsen ist: nicht von einem Bild zum nächsten lesen und in die Bilder hineinsteigen, in den Bildern herumschlendern, alle Winkel und Ecken erkunden und neue Räume entdecken, sondern in einem Meer aus Buchstaben ertrinken, nur Buchstaben bis zum Horizont. Nie möchtest du erwachsen werden, wenn es für Erwachsene keine Bücher mit Bildern gibt.

Während du all das denkst, bleibst du bei dem Bild hängen, auf dem Britta und Inga mit ihrem selbst gebackenen Zuckerkuchen triumphierend bei Lisa einmarschieren, die ihrerseits vorher ganz alleine einen Zuckerkuchen gebacken hat, nachdem sich die drei vorher zerstritten gehabt haben und Lisa sich aus Mangel an Freundinnen und auch weil es an diesem Tag regnet, furchtbar gelangweilt hat, und schließlich beginnst du, die Geschichte, zu der dieses Bild gehört, *Wenn es regnet* heißt sie, zu lesen, so wie du es, seit du die *Bullerbü*-Bücher zum ersten Mal in deine Hände bekommen hast, immer wieder getan hast, wenn dir deine eigene Langeweile unerträglich geworden war, um dich mit der erfrischenden Tatsache zu trösten, dass man sich sogar in Bullerbü ab und zu mal langweilen kann.

Der Vater hat für den Abend ein Telefongespräch mit Ungarn angemeldet, denn das muss man, erklärt die Mutter, man muss es vorher anmelden und irgendwann rufen sie dich zurück und verbinden dich mit dem Onkel, du kannst nicht einfach anrufen, so ist das in Ungarn, das ist nicht so wie in Österreich, Ungarn ist kommunistisch, so die Mutter, wer aber *sie* sind, die einen zurückrufen, sagt sie nicht, doch du denkst sofort an die Grenzbeamten mit dem roten Stern auf ihren Kappen, immer schauen sie einen grimmig und durchdringend an, als ob sie nie lachen gelernt hätten, nicht einmal grinsen, und immer ist es, warum weißt du nicht, ein Nervenkitzel, ob sie einen aufhalten und den ganzen VW-Bus durchsuchen oder nicht, selbst wenn man gar nichts versteckt hat, manches Mal aber, wenn ein von zu Hause mitgebrachter Deo-Spray oder Rasierschaum nach einem kurzen Wortwechsel des Vaters mit dem jeweiligen Grenzbeamten in dessen Besitz übergegangen ist, hellt sich die Grenzbeamtenmiene auf und man wird durchgewunken. Und dann siehst du deine Mutter vor dir, wie sie aufgekratzt in eine dicke, aus mehreren verschiedenfarbigen Schichten bestehende Cremeschnitte hineinbeißt so wie ihr Kinder eurerseits in andere und andersfarbige Tortenstücke, die ihr, weil ihr auf der Heimreise von Ungarn nach Österreich noch all eure ungarischen Forint ausgeben musstet, im ungarischen Grenzpostencafé schnell zusammengekauft habt. Das ungarische Tortenessen (*Nehmts euch Tortnen!*, so der Schlachtruf der Mutter jedes Jahr) ist der

Höhepunkt einer jeden Rückreise, und die Künstlichkeit der Aromen dieser ungarischen Grenzpostencafétortenstücke ist die köstlichste Künstlichkeit, die du dir vorstellen kannst, Torten, die wie Kaugummi schmecken, wie Brause, nach Erdbeere und Kirsche und nach Adventkalenderschokolade. Du hast dir immer gewünscht, dass man an der Grenze auch die Sprachen eintauschen könnte, für jedes deutsche Wort, das du besitzt, ein ungarisches, so könntest du die andere Sprache im Handumdrehen sprechen, müsstest sie nicht lernen, einfach eintauschen in der Wortwechselstube, gleich neben dem Grenzpostencafé, und dann, mit den ungarischen Wörtern im Mund, erst durch das Niemandsland, diesen unheimlichen Streifen Erde, in dem du gern einmal dein Zelt aufschlagen würdest, um zu sehen, wie es sich anfühlt im Nichts und ob du wirklich, wie die Schwester sagt, nach und nach deine Farbe verlieren und dich auflösen würdest bis du zu einem Niemand geworden wärest, der wie ein Geist durch das Niemandsland schwebt, *Schau doch, schau!,* ruft die Schwester, wenn ihr durch das Niemandsland fahrt, da geistern sie herum, die Niemande, weil sie nicht dahin noch dorthin gehören, können weder die eine noch die andere Sprache, ihr aber habt beide, könnt hin und her wechseln und habt einen Vater, der gar nicht wechseln muss, weil er das Ungarische und das Deutsche, das eigentlich ein österreichisches Deutsch ist, in seinem Bauch mit sich herumträgt. Auf der Rückreise bekämest du deine österreichischen Wörter zurück, bevor ihr euch auf die grellrosa Tortenstücke stürzt.

Auf so einen Rückruf aus Ungarn muss man oft lange warten, es kann schon Nacht sein, wenn es so weit ist, und du hast dem Vater, der abends immer so früh müde, weil von der Arbeit erledigt ist, versprochen, mit ihm bis dahin wach zu bleiben, weshalb du mit deinem Bettzeug ins Wohnzimmer, zu den Eltern, gezogen bist. Der Vater hat sich für das Telefonat mit seinem Bruder ein Bier neben das Telefon gestellt, weil aber der Anruf nicht und nicht kommt und der Krimi im Fernsehen schon aus ist, sind dem Vater im Fernsehsessel die Augen zugefallen und das ganze Zimmer ist vom martialischen Sägegeräusch seines Schnarchens erfüllt. Selbst wenn die Mutter da gewesen wäre, die aber nicht da ist, weil sie im anderen Teil der Wohnung noch allerlei Hausarbeiten zu erledigen hat, hättet ihr kein Wort wechseln können, wegen des ohrenbetäubenden Lärms aus dem halb offen stehenden

Mund des Vaters. So vertreibst du dir die Zeit damit fernzusehen und zwischendurch den Sekundenzeiger der Uhr zu hypnotisieren. Irgendwann muss die Uhr dich zurückhypnotisiert haben, denn als du aufwachst, ist heller Morgen.

Drinnen im Esszimmer frühstücken die anderen, doch du läufst zuerst ins Vorzimmer zum Telefon, als könntest du dort noch etwas von dem Gespräch mit dem Ungarnonkel erhaschen, als gälte es, Spuren zu lesen oder Indizien zu finden, die dir das Versäumte wenigstens als Nachgeschmack zurückbringen. Das einzige Indiz aber ist der Gestank nach abgestandenem Bier, denn der Vater hat, wie er dir jetzt erzählt, als schließlich das Telefon klingelte, statt den Hörer die danebenstehende Bierflasche ergriffen und sich das warm gewordene Bier ins Ohr geschüttet, dann aber ist er wirklich wach gewesen und bereit für das Gespräch, sagt der Vater, sich vor Lachen schüttelnd, und dennoch, so der Vater weiter, ist ihm bei diesem Telefonat aufgefallen, dass ihm die ungarischen Wörter nicht mehr so selbstverständlich zur Verfügung stehen wie früher, dass sie widerspenstig geworden sind und er begonnen hat, sie nach und nach zu verlieren.

Später bist du mit deiner Freundin V., ihren Brüdern und ihrer Mutter im Schörgenhubbad, und als ihr, dem eiskalten Wasser entstiegen, zitternd neben dem Becken liegt, euch auf der Bauchseite vom aufgeheizten Betonboden und den Rücken von der schon kräftigen Vormittagssonne wärmen lasst, fällt dir plötzlich wieder die Begegnung mit deiner Schulkollegin P. zu Beginn der Sommerferien ein, bei der sie die Sprache deines Vaters für wertlos erklärt hat, denn die Stelle, an der du jetzt liegst, das Wasser auf deiner Haut trocknen und die Wärme in deinen Körper zurückkehren spürst, ist genau die Stelle, an der dir P. damals über den Weg gelaufen ist und wo sich der dunkle Dialog entspann, an den du nicht zurückdenken magst, denn er liegt dir wie ein Stein im Magen. Deine Nase, die dir dein größter Feind W. blutig geschlagen hat, ist wieder verheilt, nicht aber der Spott von P., ihr abschätziges Urteil über eine ganze Sprache, die Sprache deines Vaters, die, obwohl du sie nicht wirklich beherrscht, vertraut ist und daher zwangsläufig auch die deine. Dass die Sprache ein so empfindliches Organ sein kann, eines, das wie alle anderen wehtut, wenn man es angreift und verletzt, das wird dir jetzt klar, wo du mit deiner Freundin V. im Freibad liegst und dich oben von der Sonne und unten vom Beton trocknen lässt, eingehüllt in rauschenden Kinderlärm. Und weil du nun einmal an diese Dinge denkst, denkst du auch an das, was der Vater am Morgen erzählt hat: dass ihm die Wörter davonlaufen, anstatt in seinen Kopf einzufallen. Dass er seine Sprache verliert. Der Vater verliert seine Muttersprache. Plötzlich erscheint sie dir bedrohlich, die Vorstellung, dass eine Sprache verdampfen kann wie Wasser aus dem Kochtopf. Denn das Einzige, was du hast, das siehst du nun, mit deiner Freundin V. auf dem Freibadbeton im ohrenbetäubenden Freibadlärm liegend, überdeutlich und beinahe gegenständlich vor dir, ist dein Wortschatz, und du gibst dir selbst das Versprechen, ihn zu vergrößern, jedes einzelne Wort zu hüten und zu pflegen, indem du liest, indem du schreibst. Du wirst dir ein Heft anlegen für Wörter, die dir neu sind, wirst Wörter sammeln wie V.s Bruder Briefmarken sammelt. Diese Gedanken, die auch jetzt nicht wie Perlen an einer Schnur, schön der Reihe nach, daherkommen und schon gar nicht in Form von Wörtern, sondern eher als Bilder, als Empfindungen, als Strömungen, als Ahnungen und so weiter, verbinden sich ihrerseits wie von selbst mit der Tatsache, dass der Vater seine Gesellenprüfung vor allem dank eines von ihm korrekt angewandten Partizips I mit

Auszeichnung hat bestehen können, ohne dieses Partizip I vielleicht gar nicht bestanden hätte, wie du immer wieder mutmaßen musst, wenn dir die Geschichte in den Sinn kommt. Auf einmal erscheint es dir absurd, dass dir die Vatersprache immer noch ein luftdicht verschlossenes Geheimnis ist, diesen Sommer wirst du sie lernen, sagst du dir, mit deiner Freundin V. auf dem Beton im Schörgenhubbad liegend. Verstehen tust du schon einiges, vor allem die Wörter für essbare Dinge haben sich in deinem Gedächtnis eingebrannt, weil zwischen den Wörtern selbst und dem, was sie benennen, für dich kein Unterschied besteht, beides ist gewachsen, kann man ernten und essen, es ist dasselbe Fleisch, Fruchtfleisch, aus dem das Wort, aber auch der Gegenstand selbst besteht, was die ungarischen Wörter bedeutend gewichtiger macht als die deiner Muttersprache: Sie haben ein Material, man kann sie anfassen und essen. Du hörst das Wort *paraditschom* und es schmeckt nach den saftig-süßen, herrlichen tiefroten südungarischen Tomaten, genauso wie die saftig-süßen, herrlichen tiefroten südungarischen Tomaten selbst, die in einer solchen Intensität tomatig schmecken, wie du es bei dir zu Hause nie kennengelernt hast, nicht einmal eure Gartentomaten kommen an jene heran, die deine Ungarntante euch in Hülle und Fülle zum Frühstück mit Weißbrot, Käse, *Kohlbass*, Salami, Paprika und so weiter auftischt. Umgekehrt löst das deutsche Wort *Tomate* keinen Speichelfluss bei dir aus und lässt sich auch nicht essen, das Wort *Tomate* besteht aus Buchstaben und riecht nach Papier, nach Schullesebuch. Warum das so ist, kannst du dir nicht erklären. Du weißt nur, dass es sich auch mit dem ungarischen *Őßibarazk* (Pfirsich), der *Dinje* (Melone) und vielen anderen Bezeichnungen verhält wie mit dem Wort *Paraditschom:* der Name ist den Essensdingen in Fruchtfleisch und Blut übergegangen und umgekehrt. Hörst du das Wort *Dinje,* beißt du im selben Moment in den Halbmond eines frisch geschnittenen Stücks dunkelroter Wassermelone und spuckst die Kerne aus. Hörst du das Wort *Őßibarazk,* rinnt dir im selben Moment der süße Saft eines butterweichen gelbroten Pfirsichs, den du, weil er so groß ist, mit zwei Händen halten musst, das Kinn hinunter.

Etwas von diesem schleierhaften Innenzeug hättest du durchaus gern deiner Freundin V. anvertraut, doch deine Freundin V. ist gerade auf eine Biene gestiegen und heult laut auf vor Schmerz. Sie hat ihr doch gesagt gehabt, sie soll nicht *blo-*

fuasi über den Klee rennen, jammert die Mutter von V. Gemeinsam stützt ihr V., eine links, eine rechts, und führt sie zum Erste-Hilfe-Mann neben dem Eingang, die jüngeren Brüder von V. wie drei Enten hinter euch her, und während ihr so geht, betrachtest du deine nackten Füße im Gras und den einen humpelnden von V., die immer noch barfuß ist, und wunderst dich zum ersten Mal darüber, dass du dich bisher noch nie über die Mühlviertler Ausdrücke von V.s Mutter gewundert hast, noch hast du jemals Schwierigkeiten gehabt, sie zu verstehen, von Anfang an hast du dieses lustige *blofuasi* als das wahrgenommen, was es bedeuten soll, nämlich *bloßfüßig,* und das, obwohl bei dir zu Hause und in der Schule nur das Wort *barfuß* verwendet wird, völlig fraglos und natürlich hast du also das Mühlviertlerische in dich aufgenommen, es war dir vom ersten Augenblick an so vertraut, dass du all die Jahre, seit du V. kennst, nicht einmal einen Gedanken daran verschwenden musstest, und ermutigt von dieser Erkenntnis hoffst du, dass dir in diesem Sommer auch das Ungarische ähnlich mühelos auf die Zunge und unter den Gaumen fliegen würde. Gerade jetzt, wo du das denkst, glaubst du, etwas in deinem Mund zu spüren, etwas Hartes, da vorne oben, wo der Gaumen endet. Es ist ein neuer Zahn, nein zwei neue Zähne sind es, zwei nagelneue zweite Zähne, die sich durch das Zahnfleisch gebohrt haben, du kannst sie mit der Zunge ertasten. Jetzt sind sie da, und du wirst endlich wieder normal sprechen können.

Auf der Fußmatte vor eurer Tür ein liniertes Blatt, auf dem dein Name in seiner Kurzform steht, dein Spitzname, und davor ein krakeliges *vür.* Welch ein Glück, dass dieses Mal du es bist, die den Hausmeisterbubenbrief als Erste entdeckt, das erspart dir eine Menge Schmach und Pein, nie werden die Schwestern etwas von der Existenz dieses armseligen Schulblockzettels erfahren, der darum auch von niemandem mehr *Liebesbrief* genannt werden kann und also keiner ist, und du führst ihn mit flinker Hand dem einzigen Schicksal zu, das ihm gebührt, nämlich ungelesen zerrissen und weggeschmissen zu werden. Während du, in den Straßenschuhen noch, die Schnipsel im Mistkübel in der Küche vergräbst, um die Schwestern nicht in Versuchung zu bringen, ihn wieder zusammenzupuzzeln, und deine Mutter, dich grüßend, mit demselben Spitznamen anspricht, der auf dem Zettel stand, erscheint es dir plötzlich so seltsam wie unglaubwürdig, dass mit diesen fünf Buchstaben tatsächlich du gemeint sein sollst, ja dein Spitzname, aber auch dein voller Name erscheinen dir in diesem Moment so fremd, als wärst du aus deinem Ich herausgerutscht und stündest nun ratlos daneben. *Gunilla,* du hättest auch *Gunilla* heißen können, denn genau diesen Namen, den Namen einer dem Vernehmen nach entzückenden schwedischen Bekannten deiner Mutter, hatte Letztere für dich vorgesehen gehabt, wenn dein Vater diese Vorsehung nicht wild entschlossen durchkreuzt hätte, und dass du um ein Haar *Gunilla* geheißen hättest, bringt dich auf die Idee, dass du durch eine minimale Verschiebung der Konstellationen überhaupt eine ganz andere hättest sein können, und nur aufgrund der Tatsache, dass die Zufälle sich so gekreuzt haben, wie sie es getan haben, du du bist oder, anders gesagt, du mit dem übereinstimmst, das du *Ich* nennst, eine Übereinstimmung, die du allerdings nie anders als in ein gewisses Zwielicht getaucht hast sehen können, denn wo ist diese feste Konstante, die in deinem Ich wohnt und ist es nicht vielmehr so, dass du mit jedem neuen Tag, jedem Aufwachen ein wenig veränderst und damit ohnehin immer eine andere bist, dass also alles in Bewegung ist und nichts fix, auf nichts Verlass, am allerwenigsten auf die Sprache, deren Bauteile solcherart Hirngespinste gar nicht aufnehmen kann, weshalb du, wie immer, wenn du in einen solchen Gedankenstrudel gerätst, der dich in Bereiche außerhalb des Sagbaren wirbelt, am Ende noch verwirrter dastehst als vorher. Fragen geht nicht, weil wie es benennen, wenn die Wörter nicht treffen, und was sollte die Mutter schon antworten in ihrem Stress, vor der Abreise noch dies und das zu putzen, zu waschen, vorzubereiten und so weiter. Auch gegessen werden muss noch eine Menge. Die Mutter isst vieles, *damit es wegkommt,* und sie fordert euch fortwährend auf, ihr dabei behilflich zu sein. Deine Geschwister sind nach und nach zum Abendessen eingetrudelt und jeder sitzt, steht, lehnt irgendwo und vertilgt irgendetwas, belegte Brote, Reste vom Mittagessen oder Gemüse vom Garten, Obst und Kekse, die auf den Esszimmerkommoden liegen, und wieder einmal wunderst du dich, wie viel Zeit die Großen mit Essen vertrödeln müssen, du bist, genau genommen, schon nach einem halben Wurstbrot satt und nur aus bloßer Langeweile beißt du noch von einem Radieschen ab, dann aber fällt dir ein, dass Radieschen zu den Dingen gehören, die dir Brummen verursachen, es ist nämlich so, dass du, weiß der Teufel warum, nicht rülpsen kannst und dir die Luft aus dem Magen stattdessen langsam und leise brummend die Kehle hinaufzukriechen pflegt, was in der lebhaften Akustik deines Zuhauses bisher niemandem außer dir groß aufgefallen zu sein scheint, ganz anders als damals beim Wildschweinebeobachten in Ungarn, wo du einmal mit dem Onkel und der Cousine an einem dieser steppenheißen Sommerabende lange auf einem Hochstand auszuharren hattest, in der Hoffnung, ein Wildschwein würde aus dem Dickicht des Waldes, wie durch einen Theatervorhang, auf die Naturbühne des Waldrandes treten und an dem Hochstand, in dem ihr, ausgerüstet mit einem Feldstecher, schweigend hocktet, gut sichtbar vorüberflanieren. Grillen, zirpt lauter, hast du bei dir gefleht, denn die Stille war, je nachdrücklicher der Onkel und die Cousine ihre Zeigefinger an die geschlossenen Lippen legten und dich still sitzen hießen, kompromittierend, umso mehr, als kein einziges Wildschwein zu erspähen war und so eurer aller Aufmerksamkeit auf die unwillkürlich von deinem Magen in deine Kehle hochwandernden winselnden Brummgeräusche gerichtet bleiben musste. Eine Ewigkeit seid ihr so gesessen, und diese Ewigkeit bekam allmählich einen Rhythmus: Stummes Stillsitzen – Brummen – erstaunte Gesichter – Cousinenkichern – Onkel-*Pssst* – Stummes Stillsitzen – Brummen – erstaunte, fragende Gesichter – Cousinenkichern – Onkel-*Pssst* – Stummes Stillsitzen – erstaunte, belustigte Gesichter – Cousinenkichern – Onkel-*Pssst* und wieder von vorne. Du hast mitgezählt. Nach einer Weile hast du begonnen, dich nach jedem Onkel-*Pssst* verhalten zu räuspern, um die Geräusche aus deinem Inneren zu unterdrücken, aber es hat nichts geholfen. Nie war dein Brummen lauter als in der eisernen Stille dieses Steppensommerabends und nie die Ewigkeit ewiger als damals. Oder doch? Oder denkst du dir deine Geräusche lauter als sie damals waren und die Zeit länger? Den Himmel gelber, die Äste schwärzer? Und ob der Onkel sein Gewehr dabei hatte? Sosehr du auch nachdenkst, du weißt es nicht mehr. Du stolperst durch deine Erinnerungen wie durch ein Spiegelkabinett, das dir dein Leben vergrößert oder verkleinert, schmäler oder breiter, in jedem Fall aber verzerrt zurückwirft, als wär es ein Traum.

In dieser Nacht ein weiterer deiner wiederkehrenden Träume: Du gehst durch eine Wohnung, die die eure ist, aber ganz anders aussieht als die eure, was dich als Träumende nicht weiter irritiert, schließlich hast du in der Blase deines Traumes keine Möglichkeit zum Vergleich mit dem, was sich außerhalb deines Traumes befindet. Hinter den Zimmern, die du im Traum schon kennst, entdeckst du immer neue Räume, schöne, einladende Räume mit Möbeln darin. Jede Entdeckung versetzt dich in Erstaunen, in Euphorie. Eine Lust ist das Entdecken. Und träumend denkst du, dass du träumst und diesen Traum immer weiter träumen willst, nur nicht aufwachen.

LIFT OFF

Ihr wacht vom Jaulen einer Motorsäge auf. Es ist sieben Uhr Früh, ein Samstag. Eure Koffer sind gepackt und der Hausmeister ist eben dabei, den Baum vor dem Mädchenzimmerfenster zu fällen. Du siehst, als du ans Fenster stürzt, seinen mächtigen Stamm noch zur Seite kippen und hörst das Knacken vieler Hunderte von Ästen und Ästchen als ein einziges Rauschen und Knistern, dann ein dumpfes Beben. Der Baum, den du so gut gekannt hast, liegt tot auf dem Boden. Das Mädchenzimmerfenster ist jetzt ganz mit Himmel angefüllt. Hilflos irrt dein Blick im Blau umher, findet keinen Halt. Mit dem Fallschirmmann ist ihm auch die Orientierung abhandengekommen. Es fühlt sich seltsam an, von einer Sekunde auf die andere ein ganz neues Bild im Fensterrahmen zu sehen, aber jetzt hast du eine fabelhafte Idee. Du hüpfst in deine kurze Hose, ziehst dir dein T-Shirt über und kramst in der Esszimmerkommode nach einer Schere. Es dauert lange, bis du eine findest und nun bist du schon ganz kribblig vor Angst, sie könnten den Baum schon weggeschafft haben, bis du endlich unten bist. Doch da liegt er noch, wie eine in Ohnmacht gefallene Braut, du hast dich ganz umsonst gesorgt, und dort, im Dickicht ihrer raschelnden Unterröcke, siehst du auch das Silber des Fallschirmmanns hervorblinzeln. Dort hängt, steckt oder liegt er nunmehr, eingeklemmt, und du wirst ihn gleich losschneiden mit deiner Schere. Andere Kinder sind gekommen, darunter die beiden Brüder aus dem ersten Stock, und sie bieten dir bei deinem Vorhaben ihre Hilfe an. Der Hausmeister und sein Gehilfe, der Mann mit der Motorsäge, warten mit dem Zerschneiden, bis ihr Kinder den Fallschirmmann befreit habt. Jetzt hältst du ihn in Händen und kannst ihn endlich von ganz nah betrachten. Auch wenn du es nicht wirklich glaubst, ein bisschen hast du doch das Gefühl, dass der Hausmeister den Baum wegen des Fallschirmmanns hat fällen lassen, doch deine Freundin V., die inzwischen auch in den Hof gekommen ist, kichert dir ins Ohr, was ihr Vater gesagt hat, und zwar weil beim Hausmeister *im Bett nichts mehr läuft,* muss er die Bäume abschneiden und schon um sieben Uhr Früh Rasen mähen. Du willst gerne wissen, was das Hausmeisterbett mit den Bäumen und dem Rasen zu tun hat, aber da kommt der große G. auf euch zu und du hältst ihm sein Eigentum, deinen geliebten Fallschirmmann, deinen Wartezwilling, pflichtschuldig entgegen, der große G. aber winkt ab, *kannst du behalten*, sagt er, *wir ziehen nächste Woche aus, muss sowieso ausmisten.* Der große G. lädt alle Kinder dazu ein, später zu ihm zu kommen und von den ausgemisteten Spielsachen mitzunehmen, was jeder möchte. Dann geht die Motorsäge wieder an und der Hausmeistergehilfe beginnt, den Baumstamm in dicke Scheiben zu schneiden, als wäre er eine riesige Salami. Plötzlich ist dir sonderbar zumute. Du freust dich über den Fallschirmmann, das Wort *ausziehen* aber drückt dich in der Brust. Der große G. wird also ausziehen. Doch da ist etwas viel Schlimmeres. Die jüngere deiner beiden älteren Schwestern hat es dir gestern vor dem Einschlafen wie nebenher erzählt und nun, weil der große G. vom Ausziehen spricht, ist es dir wieder eingefallen, dass nämlich auch der ältere deiner beiden Brüder und die ältere deiner Schwestern ausziehen werden, nach den Sommerferien schon. Da stehst du mit deinem silbernen Fallschirmmann neben deiner besten Freundin V. und wunderst dich, dass all das Wirklichkeit ist: der umgeschnittene Baum und deine Geschwister, die für immer in andere

Wohnungen ausziehen und nie wieder zurückziehen werden. Und dass der Fallschirmmann frei ist und ihr darum heute Nacht nach Ungarn fahrt. Plötzlich fühlst du dich wie Lisa aus Bullerbü, als sie in der Nacht vor dem Krebsefangen unter der Tanne am Nocken lag und nicht wusste, ob sie froh war oder traurig. Bei dir ist zwar heller Tag, ein strahlender Sommertag und der Tag eurer Abreise obendrein, und doch spürst du etwas in deinem Inneren nagen und dieses Etwas legt sich wie ein Schatten über den Hof und die Menschen um dich. Dabei sieht alles, was du siehst, ganz gewöhnlich aus, wenn nicht sogar vergnüglich. Rund um dich haben Kinder und Erwachsene begonnen, die Scheiben des gefällten Baumes ins Haus zu rollen, alle wollen plötzlich ein Stück Baum in ihrer Wohnung liegen haben, als wäre das eine neue Mode. Die jüngere deiner Schwestern ist ebenfalls heruntergekommen und fordert dich auf, mit anzupacken, mit ihr das Baumrad, euer Baumrad, in eure Wohnung zu schaffen. Du hilfst ihr mit einer Hand, deine andere umklammert den Fallschirmmann. Deine Schwester weiht dich während eurer Fahrt mit dem Aufzug blitzschnell in ihre List ein, wie sie der Mutter das Stück Baum *verkaufen* will, doch es ist ganz unnötig, wie sich herausstellt, eure

Überredungskünste zu bemühen. Die Eltern sind so sehr in ihre Vorabreisestreitigkeiten vertieft, dass ihr die dicke Holzscheibe vor ihren Augen in einer Ecke des Wohnzimmers ablegen und euch probehalber draufsetzen und als Statuen darauf posieren könnt wie auf einem Podest und *Daswarspitze* schreien und hüpfen wie Hans Rosenthal oder Rockstar spielen mit einem Luftmikrofon in der Hand:

WIIIE WILL WIIIE WILL ROCK JUU!

Juu ist also doch nicht nur ein Mutterwort, sondern auch ein Rockstarwort, ja, wenn du es dir genau überlegst, kommt es in so vielen Liedern vor, und wie seltsam, dass dir das erst jetzt auffällt, zum Beispiel in NOUIN MIE NOUIN JUU! AHAAAAA!, und du schmetterst es auch gleich auf eurem neuen Podest heraus, daneben die Schwester, die mit einstimmt, aber weil du das JUU!, nach Mutterart, zu lang ziehst und zu hoch intonierst, bist du dann beim AHAAA! hintennach und die Schwester stößt dich kurz entschlossen vom Podest, ihr rangelt ein wenig, die Schwester droht, sich auf dich zu werfen, sobald ihr das nächste Mal allein seid, also rufst du deine Mutter um Hilfe, völlig umsonst, denn die Eltern, die eben noch über den Umfang der Angelausrüstung des Vaters gestritten haben, streiten jetzt darüber, wer mehr Stress macht und wer nervöser ist, der Vater oder die Mutter, wer schreit und wer normal redet, wer weniger zuhören kann und wer sich wohin verzupfen und eine Ruhe geben soll, da aber läuten V. und ihre Mutter an eurer Tür, um sich, wie vereinbart, alles wegen der Wellensittiche und der Topfpflanzen in eurer Wohnung erklären zu lassen und einen Schlüssel mitzunehmen, außerdem auch deine Schildkröte, die die Zeit eurer Abwesenheit mit den beiden größeren Schildkröten von V. in dem Terrarium bei V. zu Hause verbringen wird, denn anders als du hält V. mit ihrem Vater als Biologieprofessor ihre Schildkröten vorbildlich und artgerecht, und du hast ein wenig Sorge, dass dein freiheitsgewohnter Wildfang von Schildkröte in einem kleinen ordentlichen Terrarium trübsinnig werden könnte, weshalb du V. anweist, sie ausgiebig in der Wohnung herumlaufen zu lassen. Für die Wellensittich- und Topfpflanzenerklärungen hat deine Mutter ihre Streitstimme wie der Blitz auf Nachbarinnenstimme umgestellt, freundlich und etwas holprig spricht sie nun, holprig, weil im ortsüblichen Dialekt, und V.s Mutter fragt viele Male ihr erstauntes *Wirkliwoa*, das sie immer fragt, das aber eigentlich ein *Wirklich wahr* mit Punkt dahinter ist und also mehr ein Zuhörbeweis und ein Reflex ist als eine Frage. Die beiden Frauen sind mittlerweile bei Themen angelangt, die über die *Schildkrötnen* (die Mutter), Wellensittiche und Topfpflanzen weit hinausreichen, und als sie sich gerade genüsslich über Kinderkrankheiten austauschen, fällt ihnen durch einen Wink des Vaters plötzlich ein, dass es höchste Zeit für das Mittagessen ist. Deine Freundin V. und du, ihr wollt euch nach dem Essen im Hof treffen, denn bis zu eurer Abreise am Abend sind es noch viele Stunden, und die musst du ja irgendwie rumkriegen, mit V. geht es schneller.

Doch dann *gute Nacht, pfirteich* übersiehst du den Moment, in dem sich der Vater zu seinem Mittagsschlaf in den Wohnzimmerfernsehsessel sinken lässt, ein Anfängerfehler, denn nun bist du einmal mehr im hinteren Teil der Wohnung gefangen, und das für wer weiß wie lange, der Vater will sich heute, so schärft dir die Mutter ein, lange ausschlafen, vorschlafen sozusagen, weil er doch die ganze Nacht durchfahren muss, und wehe du gehst durch das Wohnzimmer, dann wird dich der Zorn des sowieso schon gereizten Vaters wie ein Sommergewitterblitz treffen, hast ja gesehen, was für eine Laune dein Vater heute wieder hat, so die Mutter. Ja, du hast es gesehen und du siehst auch, wie sich der *Pfirteich* langsam in der ganzen Wohnung ausbreitet, unter der geschlossenen Wohnzimmertür hindurchkriecht bis ins Ess- und dann in beide Kinderzimmer, in Bad, Klo, Küche und so weiter, wie er alles überschwemmt, knöcheltief stehst du schon im Wasser. Der *Pfirteich* in Kombination mit *gute Nacht* ist lähmend und anders als der *Grüßteich* ein stilles, hinterhältiges Gewässer, ohne Sprungtürme, Schätze oder Fische, ohne Leben. Wenn der *Gutenachtpfirteich* kommt, legt sich der Vater schlafen und der Rest der Welt muss innehalten, man muss sich still beschäftigen, muss flüstern, auf Zehenspitzen schleichen, sich zum Verschwinden bringen. Für die Dauer des väterlichen Schlafes soll das Leben seinen Atem anhalten, vielleicht hängt der Vater deshalb immer ein tadellos im ortsüblichen Dialekt ausgesprochenes *Pfirt eich* an sein *Gute Nacht* an. Man weiß ja nie, ob das Leben wieder zu atmen anfängt, wenn man aufwacht, also verabschiedet man sich sicherheitshalber vor dem Schlafengehen, so, denkst du, könnte er sich das denken.

Am geöffneten Mädchenzimmerfenster kannst du deiner im Hof schon auf dich wartenden Freundin

V. mit gedämpfter Stimme zuschreien, und es ist gar nicht so einfach, gedämpft zu schreien, in welcher Lage du dich befindest. Du entdeckst da unten auch die Brüder aus dem ersten Stock, das Mädchen S. und ein paar weitere Buben und Mädchen aus dem benachbarten Wohnblock, alle zusammen spielen sie Völkerball. Es ist furchtbar. Zu allem Überdruss weht es dir von draußen her einen Duft um die Nase, ein Duftgemisch vielmehr, das du nur zu gut kennst und nach all den Lebensjahren, die du hier, am Glöcknerweg Nummer 57 zugebracht hast, schätzen und lieben gelernt hast, es ist das Glöcknerwegwochenendduftpanorama, bestehend aus Luft gewordenen Feiertagsschweinsbraten, Fritatten-, Nudel- und Grießnockerlsuppen, Schnitzelmitkartoffelsalat, Brathendl, Gulasch und Beuschelmitsemmelknödel sowie, und das ist das Quälendste an so einem Wochenendduftpanorama, mehrerlei Kuchendüften, Biskuitteig, Schokosauce, Apfelstrudel, gebackene Topfentorte und werweißwasnochalles schwängern an den Wochenenden die Lüfte um euer Hochhaus, das du an Sams- und Sonntagen immer gerne umrundet hast, im Laufen immer wieder rundherum ums Haus, von der Eingangsseite auf die Spielplatzseite und weiter auf die Bachseite mit dem langen

Zaun, dann über die Parkplatz- und Zufahrtsseite wieder zur Eingangsseite zurück und so weiter, um mit der Nase von allem zu kosten, deinen Hunger zu reizen wie einen Löwen, auf dass er sein lautestes Brüllen vernehmen ließe, und passend zur Geruchskulisse lässt sich von der Wohnung über euch, wo eine weitere deiner Spielgefährtinnen wohnt, das allsamstägliche Hämmern des Schnitzelklopfers vernehmen, da da oben tatsächlich jeden Samstag Schnitzel auf den Teller kommt, von dem, wie du aus Spielplatzgesprächen weißt, der Sohn der Familie nur das Fleisch, die Tochter nur die Panier isst, jedenfalls müssen die oberen Nachbarn also zurück sein vom Wolfgangsee, schließt du aus dem Klopfen, und möglicherweise sind die Kinder inzwischen schon auf dem Weg hinunter zu den anderen und spielen mit Völkerball und haben Spaß, bevor es dann zum Schnitzel geht.

Um dir einerseits den Anblick der ballspielenden Kinder zu ersparen, andererseits die Tantalusqualen durch die Kuchendüfte, machst du schnell das Fenster zu und schleichst zu den Brüdern ins Bubenzimmer hinüber, ob die dir die Zeit zu vertreiben wissen, aber der ältere liegt bei gespenstisch schweigender Stereoanlage im Bett und liest in einem Buch, der jüngere hat auf dem Boden sämtliche Briefe seiner Brieffreundinnen ausgebreitet, will die von jenen heraussuchen, die er demnächst in Ungarn zu treffen gedenkt, denn DDR-Leute dürfen nicht in den Linzer Glöcknerweg reisen, sehr wohl aber zum Plattensee, weshalb der Bruder ihnen geschrieben hat, dass sie dort hinkommen sollen, ins Ferienhaus der Tante auf der Halbinsel, wo ihr wohnen werdet. Seit Wochen ist die Mutter besorgt darüber, was daraus werden soll, Warum denn gleich zwei?, hat sie wieder und wieder gefragt und die DDR-Brieffreundinnen haben ihr, wenn sie das gefragt hat, jetzt schon leidgetan, dem Bruder nicht, der hat nur *geh, Mutti* oder etwas in der Art geantwortet und auch jetzt, wo du ihn fragst, was du machen sollst, dir ist so fad, sagt er dir, ohne von seinen Briefen aufzublicken, kurz angebunden irgendetwas Belangloses, der ältere der beiden Brüder aber rät dir, dein Gepäck noch einmal zu kontrollieren, und diesen Ratschlag setzt du sogleich in die Tat um. Du kehrst ins Mädchenzimmer zurück, hockst dich auf den Boden und kramst in deinem Reiserucksack. Alles da. Dann ordnest du, weil dir nichts Besseres einfällt, deine *Spatzenpost*-Hefte, die du jeden Monat in der Schule bekommen hast, nach dem Datum. Eigentlich hast du immer gern in diesen Heften gelesen, magst all die Rätsel, Bilder und Geschichten darin, nur nicht jetzt, jetzt, wo Kinder im Hof sind und Völkerball spielen. Ohne dich. Lustlos blätterst du eine Ausgabe der Kinderzeitung durch, da bleibt dein Blick an einem Gedicht hängen. *Warten* lautet sein Titel und das interessiert dich naturgemäß. Du liest das ganze Gedicht:

Der Sommer ist zu lang
Die Sonne hat Fieber
Sitzt im zugezogenen Vorhang
Niemand da
Nur ich allein
In diesen vielen Tagen
Die sich aufgestapelt haben
Wie leere Schachteln aus
Karton
Die nach Warten riechen
Nach nichts sonst

Unter dem Gedicht steht ein Name. Dir ist, als wäre dieser Dichter aus seinem Gedicht herausgestiegen, während du es gelesen hast, um direkt zu dir zu sprechen. Dir ist, als hätte er sich bei dir im Zimmer befunden und seine Worte wären Bälle, die er dir zuwirft, die noch warm von seinen Händen sind. Du fängst sie, wiegst sie in deinen Händen und wirfst sie ihm zurück, er wirft sie wieder zu dir und immer so weiter, zwischendurch jongliert er ein wenig und pfeift eine Melodie. Dabei wunderst du dich fortwährend, wie ein dir völlig fremder Mensch deinen Zustand so treffend beschreiben kann, deinen Zustand der vergangenen Tage und Wochen, in denen die Zeit bis zum Horizont gereicht hat, und darüber hinaus. Als hätte er dich heimlich beobachtet und in dich hineingesehen, *dich* in den Spiegel geschaut. Und was sich in seinem Gedicht spiegelt, bist du. Sein Gedicht ist dein Gesicht. Und nun nimmst du dir vor, auch ihm, diesem Dichter, einen Brief zu schreiben, in dem du darlegen wirst, dass sein Gedicht von dir handelt. Du liest es noch ein paarmal. Du fühlst dich immer noch erkannt, so erkannt, dass du erschauerst.

Markerschütternde Musik aus dem Bubenzimmer: das Zeichen, dass der Vater aufgestanden ist. Der größere der beiden Brüder muss auf volle Lautstärke gestellt haben, so deutlich hörst du den Text, kannst ihn mitsingen:

DOUN-STOP-MI-NAU!!!

Ein hübscher Name, *Minau.* Da bemerkst du,

dass sich der *Gutenachtpfirteich* zurückgezogen hat, es ist Ebbe. Nun hält dich nichts mehr in diesen öden vier Wänden, du reißt die Tür auf und läufst durch das Esszimmer, wo du beinahe mit der jüngeren deiner beiden Schwestern zusammenstößt, die mit zornesrotem Gesicht und lauthals den Verlust ihres Bikinioberteils beklagt, läufst durch das Wohnzimmer, vorbei am Vater, der, noch im Fernsehsessel, seinen Kaffee schlürft, und hörst ihn, als du im Vorzimmer in Windeseile deine Turnschuhe zubindest, ins Esszimmer hinüberschreien, über die Musik drüberschreien, dass man doch genug Zeit gehabt hat, sämtliche Bikiniunter- und -oberteile zusammenzusuchen, aber es muss ja immer alles in letzter Minute und so weiter, und hörst noch deine Mutter aus der Küche ins Wohnzimmer und in die Vatersätze hineinschreien, dass es ihr reicht, sie kümmert sich eh schon um alles, der Vater soll doch lieber …

Du schlägst die Tür hinter dir zu. Unten im Hof findest du V. nicht. Sie ist raufgegangen, zu sich nach Hause, sagen die anderen, also läutest du an V.s Tür im zweiten Stock und da ist V., ihr grinst euch an und sie zieht dich hinein, will dir noch etwas zeigen, ihre neue Katze nämlich, *Fellini* heißt sie, hat sie sich aus einem Film gestohlen, den Namen, aus einem Film, den sie bei ihrer Oma gesehen hat, denn selber hat V.s Familie keinen Fernseher, als einzige Familie im Haus keinen Fernseher, weil der Vater ein Professor ist und auch kein Auto hat, nur mit dem Fahrrad fährt, heißt es im Haus, kein Fernseher und kein Auto, das passt zusammen, die sind halt anders, heißt es im Haus. *Fellini* passt gut zu dem flauschigen orangeroten Fell der Katze, findest du. Wo du schon bei V. bist, willst du dich noch einmal von deiner Schildkröte verabschieden, aber V. und du, ihr findet deine Schildkröte nicht, V. hat sie, ganz wie du es ihr aufgetragen hattest, in der Wohnung umherstreunen lassen, sie kann überall sein, sagt V. und du überlegst einen Augenblick bange, ohne es laut zu sagen, ob die neue Katze deine Schildkröte totbeißen könnte, wenn die ihren Kopf nicht schnell genug einziehen würde, doch da findet ihr sie auch schon, hinter einem großen Blumentopf im Wohnzimmer hat sie sich versteckt. Voll Liebe und Rührung schaust du das Tier noch einmal an, wie es in Zeitlupe seinen Kopf zur Seite dreht, einen ersten Schritt macht, doch du spürst eine Unruhe in dir, als ginge dein Herz ein paar Takte zu schnell, zu schnell, um die Schildkröte so zu betrachten, wie du es immer getan hast, so nämlich, dass du dabei die Zeit und alles andere vergisst, genau das aber will dir jetzt nicht gelingen, irgendetwas in dir kann hier nicht bleiben, prescht los nach wer weiß wohin, vielleicht schon vor, nach Ungarn, du sollst ja auch die Zeit nicht vergessen, denn bald ist es so weit, bald werdet ihr in aller Echtheit fahren. Als V. aufs Klo geht, streichelst du den ledrigen Kopf deiner Schildkröte, dann hebst du sie auf und küsst sie auf den Panzer. V.s kleinster Bruder hat dir mit großen Augen zugesehen und robbt nun mit ausgestreckten Patschhänden und schmatzend auf deine Schildkröte zu, da hebst du sie schnell ins Terrarium hinein, zu den anderen beiden Schildkröten, die viel größer sind als deine. Die Vorstellung, dass sie schlimmstenfalls von ihren Artgenossen drangsaliert wird, ist dir immer noch lieber als die, dass die Katze sie totbeißt oder der kleine Bruder mit ihr Auto spielt. Deine Freundin V. und du, ihr lauft noch schnell in den Hof, ihr wollt noch einmal unter dem Zaun durchkriechen und zum Bach, doch da seht ihr die beiden Brüder aus dem ersten Stock. Der ältere ist gerade dabei, an dem langen Teppichband, das seit Ferienbeginn über einem Ast am dicken Baum, dem alten Ahorn, baumelt, hinaufzuklettern. Du erstarrst während du zusiehst, wie der ältere der

Brüder oben ankommt und dich grinsend hinaufwinkt, du sollst auch rauf. Der dicke Baum ist der einzige Baum im Hof, den du noch nicht bezwungen hast, den niemand hat bezwingen können, weil seine niedrigsten Äste selbst für einen Erwachsenen viel zu hoch sitzen, als unbezwingbar gilt er, der stolze, dicke Ahorn, den du immer nur von unten oder vom Mädchenzimmerfenster aus hast anhimmeln können, nie von mittendrin. Und sicher hast du auch schon daran gedacht, an dem langen Band hinaufzuklettern, dich aber nie getraut, aus Angst, der Teppichstoff könnte reißen. Ein paar Minuten später bist du auch oben und sitzt mit dem älteren der Brüder auf dem dicksten Ast wie auf einem Elefantenrücken, links und rechts baumeln eure Füße ins Leere. Das Teppichband hat gehalten. Jetzt seid ihr die Chefs im Hof. Ein wunderbares Gefühl ist das. Nicht so sehr das Chefsein als vielmehr oben zu sitzen, nicht von unten hinauf, sondern von oben hinunter zu schauen, auf den Spielplatz, und die Rinde unter deinen Händen zu spüren, und ihre Struktur, die hier oben so viel feiner und glatter ist als unten am Stamm, wo sie in groben Schlieren auseinanderbricht. Weiter als bis auf den Elefantenast könnt ihr nicht klettern, da die nächsten Äste ihrerseits zu hoch sitzen, doch das kann eure Freude nicht trüben. Ihr schickt ein paar Tarzanschreie in die Luft. Deine Freundin V. hat es sich auf der Reifenschaukel gemütlich gemacht, sie hat kein Interesse an der Baumkletterei, der jüngere der beiden Brüder aber hat es eilig, sich zu euch zu gesellen, doch bei euch oben ist kein Platz mehr, da muss er schon warten, bis einer von euch wieder hinabzusteigen beliebt. Lange muss er allerdings nicht warten, denn nun, gerade als du dich zu fragen beginnst, ob der Sommer nicht längst explodiert ist wie eine Silvesterrakete und in allen Farben leuchtet, ohne dass du es bemerkt hast, erscheint der frisch dauergewellte Kopf deiner Mutter auf dem Balkon. Sie ruft deinen Namen in eine Richtung, in der du dich nicht befindest, und du antwortest ihr und winkst ihr von deinem hohen Sitz aus fröhlich zu. Als ihre kurzsichtigen Augen dich entdecken, weiten sie sich einen Moment vor Schreck. *Ja spinnst du!,* ruft dir ihre bei solchen Gelegenheiten sich überschlagende Stimme zu, du sollst da sofort runterkommen und noch etwas essen, bevor ihr fahrt. Wenn du auch keinen Hunger hast, machst du dich doch an den Abstieg, du willst ja nicht, dass sie ohne dich fahren, flink und geschickt lässt du dich nach unten gleiten, wo dir der jüngere der Brüder das Teppichband aus der Hand reißt: Jetzt bin ich dran. Zum Abschied umarmst du V.

Der Vater hat den VW-Bus vom Parkplatz direkt vor dem Hauseingang geparkt, damit ihr mit eurem Gepäck nicht so weit zu rennen braucht. Deinen Rucksack trägst du selber, sicherheitshalber. Bevor sie die Tür absperrt, schaut die Mutter noch einige Male nach, ob sie auch den Herd sicher abgedreht hat, ob kein Licht mehr an ist, ob alles halbwegs ordentlich aussieht und ob die Wellensittiche fürs Erste genügend Futter und Wasser haben.

Dann ruft sie den Aufzug, du aber fegst über die Treppen hinunter, für Aufzüge fehlt dir jetzt beim besten Willen die Geduld. In deinem Magen kribbelt es so wunderbar. Zu einer Reise aufzubrechen, das ist doch das Aufregendste, das du dir vorstellen kannst. Draußen dämmert es schon und du spürst die kühle Nachtluft herankriechen und um deine nackten Waden schleichen. Du hast nicht, wie es dir deine Mutter aufgetragen hat, für die Fahrt den langen Jogginganzug angezogen, sondern deine kurze Hose und dein T-Shirt angelassen. Du möchtest so lange wie möglich den Sommer auf deiner Haut spüren, und solltest du auch frieren dabei. Genau genommen frierst du schon ein bisschen. Am Himmel ist dort, wo sich die Sonne wieder einmal verdrückt hat, ein breiter blassgrüner Lichtstreifen zu sehen, und plötzlich spürst du ein seltsames Gefühl dich anwehen. Eben noch hast du dir nichts Besseres vorstellen können, als möglichst schnell von hier wegzukommen, und nun, wo es Schlag auf Schlag geht, so schnell, dass kaum mehr Zeit zum Denken bleibt, ertappst du dich dabei, dein altes Leben hier bereits zu vermissen, deine einsamen Stunden mit dem Fallschirmmann, das Lesen und Wiederlesen der *Bullerbü*-Bücher, das Abzeichnen der Bilder von Ilon Wikland und die Stille des Selberschreibens und Erfindens, in der du, genau wie im Zusammensein mit deiner Schildkröte, dich nicht die Bohne um die Zeit gekümmert hast, ob sie langsam oder schnell verging, es war dir wurscht und ebenso wurscht waren dir in diesen Stunden der Wolfgangsee, Italien, das Pfadfinderlager und sämtliche Omas der anderen ebenso wie alle Ereignisse, die ein wenig Abwechslung in deinen an äußerer Aktion armen Alltag hätten bringen können. Aber selbst das von dir so verfluchte Warten, dieser nervtötende Zustand, hat nun, im Rückblick und Licht des grünen Abendhimmels, etwas Magnetisches an sich. Gerade in dieser Zimmerstille, kommt dir vor, hast du dich doch am lebendigsten, am meisten bei dir gefühlt, oder etwa nicht? Wie Pfeile fliegt dir all das durch den Kopf, nicht als Sätze und nicht hintereinander, sondern gleichzeitig, kreuz und quer, ein einziges dichtes Prasseln ist das und im Bruchteil einer Sekunde vorbei. Die Autotüren sind geschlossen. Der Vater startet den Motor. Da schießt dir ein, was du vergessen hast. Du schreist, du musst unbedingt noch einmal nach oben, willst aber den wahren Grund nicht nennen, der Vater weigert sich, Schluss mit dem Zirkus, schüttelt er den Kopf, wir fahren. Da lügst du, ohne deine Puppe kannst du nicht einschlafen, nicht einmal ein Auge wirst zutun können und dann ist dir zehn Stunden lang speiübel, dazu ein paar Tränen herausgedrückt, das wirkt. Die Mutter begleitet dich nach oben in die Wohnung, *Juuu!* hörst du sie in der Küche, während du von unter deiner Matratze den vanillegelben Brief hervorholst und, im Gehen schon, schnell in deine Hosentasche stopfst, danach läufst du noch einmal zurück ins Mädchenzimmer, um deine Ausrede, die Puppe, aus den Spielzeugbergen zu kramen. Auch die Mutter ist hochzufrieden, als ihr die Wohnung verlasst, denn nun hat sie die übrig gebliebenen gebratenen Hühnerteile evakuieren können, die sie im Kühlschrank als Reiseproviant vorbereitet gehabt und einzupacken vergessen hat, wie schade, wenn die nun drei Wochen da drinnen gelegen und verdorben wären, sagt die Mutter auf dem Weg hinunter, du aber bist in Gedanken längst bei dem vanillegelben Brief und wie du ihn deiner Cousine auf Ungarisch übersetzen wirst: *Igän.* So wirst du sagen, denn das heißt ja. Und genau das hat dir die weltberühmte Schriftstellerin *Astrid Lindgren* neben die von dir gestellte Frage geschrieben, ob *Bullerbü* aus ihren eigenen Kindheitserinnerungen gemacht ist. *Ja!* Mit einem blauen Kugelschreiber, einem großen J, das, in der Mitte eine schwungvoll geringelte, winzig kleine Schlaufe aufweist, und einem Rufzeichen daneben hat die weltberühmte Schriftstellerin *Astrid Lindgren* in ihrer *Dalagatan* in Stockholm, Schweden, dieses *Ja!* auf den von dir vom Glöcknerweg in Linz-Kleinmünchen aus geschickten Brief geschrieben und ebenjenen Brief in ein frisches vanillegelbes Kuvert mit Rillen gesteckt, die sich, auch jetzt in deiner Hosentasche noch, so angenehm anfühlen, und dann in einen Stockholmer Briefkasten geworfen, von wo aus der Brief fast durch das ganze Europa bis zu dir in den Glöcknerweg in Linz-Kleinmünchen gereist ist. Kind!, ruft deine Mutter, als du zu den anderen in den VW-Bus kletterst, denn jetzt erst hat sie bemerkt, dass du noch in deinen kurzen Kleidern steckst, du wirst dich verkühlen! Na endlich, brummt der Vater. Zum Glück, so die Mutter, hab ich zwei *Hosnen* für dich in meiner Handtasche. *Hosen*, ruft ihr Kinder im Chor und dann kann es losgehen. Bevor er startet, dreht der Vater an einem Knopf beim Autoradio und es kommt ein Lied heraus, das du auch kennst:

RAUN K' NTROUL TUMÄI TSCHATOMM ...

Dazwischen Trommeln und einer, der die englischen Zahlen aufsagt, von oben nach unten.

RAUN K' NTROUL TUMÄI TSCHATOMM ...

Dann rollt euer VW-Bus tatsächlich auf der langen Zufahrtsstraße zu eurem Haus los, weg von zu Hause und vorbei am langen Wohnblock, wo auf einem Balkon im ersten Stock die Hausmeisterin ihre Wäsche aufhängt und euch, als sie den vollgepfropften Wagen sieht, lachend zum Abschied winkt, ganz so, als würde sie sich mit euch freuen, dass ihr nun endlich auf Urlaub fahrt. Und es ist dieses Winken der Hausmeisterin, das deine eigene unbändige Freude wieder wachrüttelt.

Schluss mit der Stillhalterei und dem Warten, in Ungarn wirst du von früh bis spät mit der Cousine spielen, im See schwimmen, vielleicht fischen, sicher nicht jagen, aber Wassermelonen und Pfirsiche schlemmen bis du umfällst, und dieses Mal wirst du auch die Vatersprache lernen. Denn ist man erst einmal dort, kann man die Wörter von den Bäumen pflücken, aus der Erde ziehen, aus der Luft löffeln und essen, alles ist vollgesogen davon, alles ist voll von ungarischer Sprache und der vertrauten Fremdheit ihrer Laute und man braucht nur, wie ein Wal im Meer das Maul, den Mund zu öffnen, schon fließt sie einem hinein wie dem Wal sein Krill. Und das Beste ist: Niemand wundert sich über dein Sprechgeholper, weil Zögern, Stottern, das umständliche Suchen nach Wörtern in der fremden Sprache ganz normal sind und anders als in deiner Muttersprache, wo der Mund schneller sein muss als der Kopf, wo man von dir eine aalglatte Antwort erwartet, bevor du noch einen Augenblick nachdenken und unter die Wortränder schauen konntest, hast du im Ungarischen alle Zeit der Welt, ein Wort aufzuspüren, es der Cousine vorzuspielen, bis sie es sagt, es ihr abzulauschen und dann dir den Klang auf der Zunge zergehen zu lassen, noch nachts in deinen Träumen, mit einem Bauch voll neuer Wörter. Dann, spätestens dann, wird der Sommer explodiert sein wie eine Silvesterrakete. Und in all seinen Farben leuchten. Oder ist er schon? Oder gerade jetzt, wo ihr am Schörgenhubbad vorbeifahrt, das so still dort in der Dämmerung liegt, das Wasser spiegelglatt?

TU … UON …, sagen die Brüder zur Musik, und: LIFT OFF!

BOIOIOIOIOIOIOIOIOIOIOIOIOIOIOIG!

Da spürst du einen Stich in der Magengrube und dir ist, als müsstest du Angst haben, das Freibad könnte dir abhandenkommen, könnte als Ganzes abheben und davonschweben, während du weg bist, und wo solltest du dann mit deiner Freundin V. aus dem Wasser steigen, dich auf den warmen Betonboden legen, mit dem nassen Zeigefinger über eines der vielen eingewalzten, glatten Steinchen streichen und dabei zusehen, wie schnell es in der teuflischen Hitze wieder trocknet, gleich hinter deinem Finger, und dann noch einmal drüberstreichen und noch mal und noch mal und immer so weiter. Mit dem zweistimmigen Gesang aus dem Autoradio jetzt noch schöner, die Erinnerung daran, noch schlimmer.

Wer will was essen?, fragt die Mutter schon nach der nächsten Kurve und reicht die in Alufolie gewickelten Hühnerteile nach hinten, geschnittenes Brot und ein paar Servietten dazu. Deine Geschwister bedienen sich und auch die Mutter isst ein wenig, damit … und so weiter. Du hast keinen Appetit, hast nur Hunger auf Wörter, auf Sprachfleisch. Was heißt Schildkröte auf Ungarisch?, fragst du deinen Vater und im Rückspiegel siehst du seine Augen vergnügt aufleuchten, bevor er dir antwortet.

Besonderer Dank an M., M. und P.

*Abdruck des Gedichts »Warten«
von Michael Hammerschmid mit freundlicher
Genehmigung des Autors.*